村上春樹の動物誌

小山鉄郎

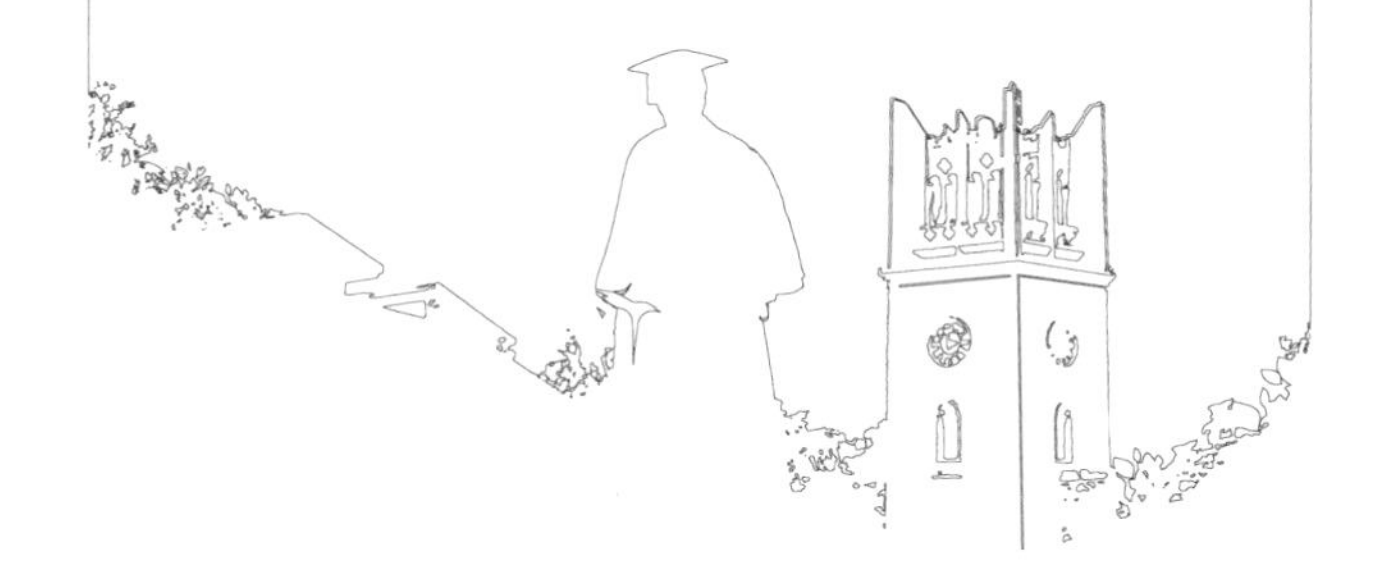

早稲田新書
003

頻出する動物

序章【村上春樹氏インタビュー】深い森の中の生き物と神話

——頻出する動物

村上春樹さんの小説の題名には動物の名前が入ったものが多い。長編の『羊をめぐる冒険』『ねじまき鳥クロニクル』……。短編でも「象の消滅」「かえるくん、東京を救う」「螢」「品川猿」……と切りがないほどだ。村上さんに動物が頻出する理由について、聞いてみた。

——村上さんにとって、動物ってどんな存在ですか。人間だけでは何かが足りないのでしょうか。

村上　人だけで足りないというわけではないのですが、これは一種のアニミズムだと思います。

——アニミズムは日本人の中に強く残っていますし、東アジア全体に共通してあると思います。

村上　アニミズムが東アジア的であるかどうかは知りません。動物がたくさん出てくるのは、森のイメージですね。僕の主人公たちはいつも地下室の暗闇の中に入っていきますが、それは一種の森でもあるんですよ。深い森の中に入っていって、獣なりチョウチョウなりをずっと追いかけていくのです。その深い森にはいろんなものがいるんです。僕の物語にはそんな森がたくさん出てくるイメージがあります。

――なるほど。

村上　『世界の終りとハードボイルド・ワンダーランド』の街には森があるし、『海辺のカフカ』は高知の森に兵隊が逃げこむ話です。『ノルウェイの森』はまさに森がタイトルになっています。

――『1Q84』の最後も青豆と天吾が手を取りあって、闇に包まれた深い森を抜けていきますね。

村上　その森の中に生き物がすんでいるわけです。いろんな生き物は、神話では大事な役割を果たしています。それぞれが象徴するものを持っていますし、生き物が人を助けたりもします。

——動物などと話せたりするアニミズムは確かに東アジアだけのものではないですね。北欧神話でも、ケルト神話も、北米先住民の神話にしても人と動物が話しています。

村上　ジョーゼフ・キャンベルという人が『生きるよすがとしての神話』や『神話の力』で書いていますが、世界中の神話に「共通する部分」がとても多いのです。世界中の人たちが意識の底の方でつながっているということですね。僕の物語も無意識下の世界、たくさんの動物がすむ森のイメージでつなげていきたいと思っています。

目次

羊

第一章　日本近代をめぐる冒険
――羊

　村上春樹は動物好きな作家である。それは作品のタイトルにもよく表れている。長編小説だけを見ても『羊をめぐる冒険』（一九八二年）、『ねじまき鳥クロニクル』（一九九四年、一九九五年）、『海辺のカフカ』（二〇〇二年）はみな動物の名を含んでいる。ちなみに「カフカ」はチェコ語で「カラス」のことだ。

　その動物たちはどんなことを意味しているのか。作中登場する動物のことを考えながら、村上春樹文学の世界を旅してみたい。まずは、村上春樹自身が「この作品が小説家としての実質的な出発点だった」と書いている『羊をめぐる冒険』の「羊」とは何かを考えることから始めてみよう。

▽見たことがない動物

　この長編は背中に星の印を持つ「羊」を探して、主人公の「僕」が北海道まで旅する物語。その中で、日本の「羊」についていろいろなことが紹介されている。

　十二支にも入っている「羊」は日本人にとって古くからなじみ深い動物の印象がある。だが明治頃までは、ほとんどの日本人が見たことのない動物だった。文献の上でも、三世紀の日本を記した『魏志倭人伝（ぎしわじんでん）』に「その地には牛・馬・虎・豹（ひょう）・羊・鵲（かささぎ）なし」とあって、もともと日本に「羊」はいなかった。

　『羊をめぐる冒険』によると、日本に「羊」が輸入されたのは江戸末の安政年間で、幕末までは一頭も存在していなかった。平安時代に中国から渡来したという説もあるようだが、それが事実だとしても、その後、どこかの時点で絶滅してしまった。

『羊をめぐる冒険』には「十二滝町」という土地に向かう「僕」が、札幌から「旭川」へ行く早朝の列車の中でビールを飲みながら箱入りのぶ厚い『十二滝町の歴史』を読みふける場面がある。それは明治十三年（一八八〇年）から昭和四十五年（一九七〇年）までの九十年間の歴史だ。

▽防寒具用羊毛

『十二滝町の歴史』によると、明治十三年の初夏、十二滝地区に最初の開拓民である津軽の貧しい小作農十八人が移ってきた。その時、開拓民たちは、アイヌ語で「月の満ち欠け」という意味の名前を持つ青年を道案内に雇う。青年と開拓民たちは、現在の「旭川」を越え、塩狩峠を越えて北上し、地形・水質・土質を調べ、結構農耕に適した十二滝地区に定着する。札幌から、二六〇キロも離れたところだった。

開拓民とともにその土地に残ったアイヌ青年の活躍で、六年目にようやく開拓村は活気を見せ始めるのだが、明治三十五年（一九〇二年）、北海道の十二滝地区のすぐ近くにある台地が牧草地として適していることがわかり、そこに村営の緬羊牧場が作られる。道庁の役人がやってきて牧舎建設を指導し、政府からただ同然の値段で「羊」が払い下げられたのだ。

もちろん政府は親切心で農民に「羊」を与えたわけではない。それは日露戦争が迫りつつある時代のことだった。「来るべき大陸進出に備えて防寒用羊毛の自給を目指す軍部が政府をつつき、政府が農商務省に緬羊飼育拡大を命じ、農商務省が道庁にそれを押しつけた」のである。

村に緬羊牧場ができると、十二滝地区への案内役だったアイヌ青年は牧場の責任者となった。

そして、明治三十七年（一九〇四年）に日露戦争が始まると、村からは五人の青年が徴兵され、中国大陸の前線に送られた。小さな丘の争奪戦で、敵の榴弾（りゅうだん）が破裂して、その五人のうちの二人が死に、一人が左腕を失った。「戦死者の一人は羊飼いとなったアイヌ青年の長男だった。彼らは羊毛の軍用外套を着て死んでいた」と『羊をめぐる冒険』に記されている。アイヌ青年の長男らは、自分たちが育てた「羊」の防寒具を着て戦い、亡くなったのだ。

▽戦争のために

『羊をめぐる冒険』には「羊博士」と呼ばれる人物が登場する。主人公の「僕」が「耳専門のモデル」をしている二十一歳の女性を伴って、十二滝地区へ向かうのだが、途中、彼女と「僕」が札幌の「いるかホテル」（ドルフィン・ホテル）に泊まる。

支配人によれば、その「いるかホテル」は以前「北海道緬羊会館」だった。緬羊に関するさまざまな事務と資料を扱っていた会館で、今でも建物の二階は全部緬羊資料室になっている。その支配人の父親で、北海道緬羊会館の館長を務めていたのが「羊博士」だった。

耳のモデルをしている女性が北海道に行く前、北海道にいる羊の数について「昭和二十二年には二十七万頭もいたのが、今では五千頭しかいないの」と「僕」に言う。図書館に行って調べたのだ。

つまり、幕末以前の日本には、一頭も存在しなかった「羊」が、戦争のために政府によって輸入され、第二次世界大戦で敗戦するまで、増産され続けて、敗戦まもない昭和二十二年（一九四七年）には、北海道で二十七万頭にまでなっていたということである。そして戦争のために増産する必要がなくなり、この『羊をめぐる冒険』の時代設定である一九七八年には五千頭にまで減ってしまったのだ。戦後に羊肉羊毛が輸入自由化され、オーストラリア、ニュージーランドから輸入されたこともあった。

幕末まで日本になく、明治期から国家レベルで輸入、育成され、敗戦後、見捨てられた動物が「羊」なのだ。「まあいわば、日本の近代そのものだよ」と同作にある。

つまり『羊をめぐる冒険』という題にこめられた意味は「日本近代をめぐる冒険」ということなのだろう。

▽効率だけを求めて

羊博士が「僕」に話す、こんな言葉もある。

「日本の近代の本質をなす愚劣さは、我々がアジア他民族との交流から何ひとつ学ばなかったことだ。羊のこともまた然り。日本における緬羊飼育の失敗はそれが単に羊毛・食肉の自足という観点からしか捉えられなかったところにある。生活レベルでの思想というものが欠如しておるんだ。時間を切り離した結論だけを効率よく盗みとろうとする。全てがそうだ。つまり地面に足がついていないんだ。戦争に負けるのも無理はないよ」

これは、同作の中で、一気に語られる最も長い言葉であるが、効率だけを求めて進んできた近代日本の姿を初期作品から描き続けてきた村上春樹の考えが反映された言葉だと思う。

その羊博士は一九〇五年に仙台の旧士族の長男として生まれ、東京帝国大学農学部に入学、大学を首席で卒業すると、スーパー・エリートとして農林省に入省。そして二年間本省で鍛えられた後、朝鮮半島に渡って稲作の研究をしていたが、一九三四年に東京に呼び戻され、陸軍の若い将官に引き合わされる。

　この将官は「来たるべき中国大陸北部における軍の大規模な展開に向けて羊毛の自給自足体制を確立していただきたい」と言った。それが羊博士と「羊」の最初の出会いだった。翌年春、羊博士は満州に向かう。「彼の転落はそこから始まった」と記されている。

▽なかなか立派な年表

　その後、羊博士のことが、もう一度出てくる場面がある。

　ぶ厚い『十二滝町の歴史』を読んだ「僕」が、乗り換えの列車を待つ間に、耳のモデルの彼女に十二滝町の歴史をかいつまんで話すのだ。

　その際、年号がややこしくなったので、巻末資料をもとにノートの白いページを使って簡単な年表を「僕」は作る。「ノートの左側に十二滝町の歴史を、右側に日本史上の主な出来事を書き込んだ。なかなか立派な歴史年表になった」と村上春樹は書いている。

　さらに「たとえば一九〇五年／明治三十八年には旅順が開城し、アイヌ青年の息子が戦死していた。『僕』の記憶によればそれはまた羊博士の生まれた年でもあった。歴史は少しずつどこかでつながっていた」と「僕」は耳のモデルの女性に話している。

　それに対して、彼女は年表の左右を見比べながら「なんだかこうしてみると、日本人って戦争のあいまに生きてきたみたいね」と応じている。

　村上春樹作品を貫くものは、近代日本への歴史意識だが、その「歴史意識」を象徴するものとして「羊」が小説の題名の中に記されているのである。

（敬称略、以下の各章も同じ）

象

第二章　日本人の豊かな言語感覚

——象

米国の出版社「クノップフ」から一九九三年に刊行された『象の消滅』という村上春樹の短編選集がある。米国の雑誌「ニューヨーカー」をはじめ「プレイボーイ」「グランタ」などに英訳されて掲載された短編の中から、米国の編集者が選んだ十七編を収録した本で、日本でも米国版と同じ構成の同名短編選集が刊行されている。

その表題作「象の消滅」は「象」と飼育係の老年の男が、ある日、象舎からこつぜんと消えてしまう話だ。一九九一年から一九九五年まで米国東海岸に住んでいた村上春樹が、同作を読んだ米国の学生たちと、この作品について話し合ったことがある。

米国の学生たちは「場所が日本でなくても成立する話である」と言った。それに対して、逆に村上春樹が「日本の小説でないと思ったのか？」と質問して議論となり、その結果、学生たちも同作には米国ではあり得ないことがあると認めたという。このようなことを『村上春樹全作品　1979–1989　短篇集Ⅲ』（一九九一年）の月報「自作を語る」で、村上自身が書いている。

米国ではあり得ず、日本でなくては成立しない点とはどんな点なのか。それを「象」を通して考えてみたい。

▽動物と話せる

「僕」が住んでいる町の小さな動物園が経営難で閉鎖となり、動物たちは動物取引仲介業者の手を通して全国の動物園に引き取られていったのだが、「象」だけは年をとりすぎているために、引き受け手を見つけることができなかった。そんな年老いた「象」を町が引き取ることになる。町は山林を切り開き、老朽化した小学校の体育館を象舎として移築。その新しい象舎の落成式に「僕」もでかけた。

「象」を前にして、町の発展と文化施設の充実について町長が演説し、小学生の代表が「象さん、元気に長生きして下さい」などと作文を読んだりした。つまり人間が「象」に話しかけている。

「日本人の読者ならそんなことはとくに不思議だとは思わないだろう」と村上春樹は書いている。でも米国人は不思議だと思う。日本人はどこかで動物と話せると思っているところがあるのだ。

近代化され、シンプルに統一された言葉以前の広く豊かな言語感覚が日本人には生きていることに村上春樹はとても自覚的で、作品の登場人物がしばしば動物と会話をするのも、このことの反映だろう。

飼育係は象舎にくっつくように建てられたプレハブの小屋で寝起きし、朝から晩までつきっきりで「象」の面倒をみていた。その飼育係が「象」をどこかに移動させたいと思うとき、彼は「象」のわきに立って前足を手でぽんぽんと軽く叩いて何事かを囁（ささや）きかけるだけでよかった。「象」も簡単な人語を理解するかのように、指定された場所に移動するのだ。

▽いま消えつつある

その「象」がある日、どんどん縮んで小さくなっていってしまう。象舎の柵の隙間を通れるほど縮小して消えてしまったのか、あるいはさらに縮んでいって「象」自体が消滅してしまったのかもしれない。そして「象」とともに老飼育係も消えてしまった。

この年老いた「象」と老飼育係がこの地上から消えてしまったということは、かつて日本人にあった豊かな言語感覚が、いま消えつつあるということを表しているのではないだろうか。

▽美しい言葉で

「象」とは何かということを考える時に、忘れてならないことは、「象」が村上春樹の作品に最初に出てきた動物であるということだ。

「完璧な文章などといったものは存在しない。完璧な絶望が存在しないようにね。」

デビュー作『風の歌を聴け』(一九七九年)は、こんな一行で始まっている。「僕」が大学生のころ偶然に知り合った作家がそう言ったとあるし、それをある種の慰めとしてとることも可能であったが、「しかし、それでも何かを書くという段になると、いつも絶望的な気分に襲われることになった。僕に書くことのできる領域はあまりにも限られたものだったからだ。例えば象について何かが書けたとしても、象使いについては何も書けないかもしれない。そういうことだ」と記されている。

この「象について何かが書けたとしても、象使いについて何も書けないかもしれない」の「象」と「象使い」が、単なる比喩でないことは、一ページ半ほど後に「象」が再び出てくることからも明らかである。

何かを書く段になると、書くことのできる領域はあまりに限られているというジレンマを「僕」は、八年間、抱き続けたが、二十代最後の年を迎え、「今、僕は語ろうと思う」とあって、『風の歌を聴け』の物語が書かれていく。

「しかし、正直に語ることはひどくむずかしい。僕が正直になろうとすればするほど、正確な言葉は闇の奥深くへと沈みこんでいく」「弁解するつもりはない。少なくともここに語られていることは現在の僕におけるベストだ。つけ加えることは何もない。それでも僕はこんな風にも考えている。うまくいけばずっと先に、何年か何十年か先に、救済された自分を発見することができるかもしれない、と」

これに続いて、次のような言葉が記されている。

「そしてその時、象は平原に還り僕はより美しい言葉で世界を語り始めるだろう」

『風の歌を聴け』の冒頭に記された、この「象」も、やはり「言葉」の世界を託されている動物だと言っていいだろう。

このように、「象の消滅」の年老いた「象」と「象の老飼育係」は、『風の歌を聴け』の「象」と「象使い」のペアと対応しているのかもしれないが、実は「象の消滅」という短編には、その年老いた象と老飼育係が消えてしまう話のほかに、もう一つ、後半に語り手の「僕」が会社のパーティーで出会った女性と会話する話が、かなり長く描かれている。

▽色の統一、デザインの統一

そして、その「僕」と「彼女」の長い会話が、「象の消滅」の話と、どのような関係にあるのかが、ちょっと受け取りにくい。でも、そこをどのように読み、受け取っていくかが、この「象の消滅」という作品のとても大切なポイントであり、村上春樹という作家を理解するうえでの要諦だと思う。

それはこんな出会いと会話である。

「僕」は大手の電機器具メーカーの広告部に勤めていて、台所電化製品のプレス・パブリシティーを担当している。そして自分の会社が催したキャンペーンのためのパーティーで、「彼女」と出会う。「彼女」は若い主婦向けの雑誌の編集者で、そのパーティーにやってきた。

「僕」は「彼女」に対して、イタリア人の有名デザイナーがデザインしたカラフルな冷蔵庫やコーヒー・メーカーや電子レンジやジューサーについて説明。「いちばん大事なポイントは統一性なんです」「どんな素晴しいデザインのものも、まわりとのバランスが悪ければ死んでしまいます。色の統一、デザインの統一、機能の統一――それが今のキッチンに最も必要なことなんです」と話す。

これに対して「彼女」は「ずいぶん台所のことにくわしいんですね」と言った後、「台所には本当に統一性が必要なのかしら?」と問う。「僕」が「台所じゃなくてキッチンです」「どうでもいいようなことだけど、会社がそう決めているものですから」と訂正すると、「彼女」は「ごめんなさい。でもそのキッチンには本当に統一性が必要なのかしら? あなたの個人的な意見として」と聞くのだ。

「僕の個人的な意見はネクタイを外さないと出てこないんです」「でも今日は特別に言っちゃいますけれど、台所にとって統一性以前に必要なものはいくつか存在するはずだと僕は思いますね。でもそういう要素はまず商品にはならないし、この便宜的な世界にあっては商品にならないファクターは殆んど何の意味も持たないんです」と「僕」は答えるが、さらに「世界は本当に便宜的に成立しているの?」と「彼女」は問いを重ねるのだ。

▽心をそそるものがある

この女性編集者と「僕」の会話は「象の消滅」という短編の中でどういう意味を持って位置付けられているのか。それを考えないと、この短編を十分に受け取ることができないように思う。なにしろ、この二人の会話の後で「僕」と「彼女」は同じホテルのカクテルラウンジに行き、「彼女」はフローズン・ダイキリを、「僕」はスコッチのオン・ザ・ロックを注文し、「僕」が「彼女」に対して、「象」がどんどん縮んでいく様子を目撃したことを話すという展開になっているのだから。

その「彼女」が「ねえ、私にはよくわからないわ」と、「象」の話を始めた「僕」に静かな口調で言う。

「あなたはついさっきまでとてもきちんと話をしていたのよ。象の話になるまではね。でも象のことになるとなんだか急にしゃべり方がおかしくなっちゃったわ。何を言おうとしているのかよくわからないし、いったいどうしたの？　象のことで何かまずいことでもあるの？　それとも私の耳がどうかしちゃったのかしら？」

さらに「彼女」は「象のことは昔から好きだったの？」と問う。それに対して「僕」は「そうだね。そうだと思う」「象という動物には何かしら僕の心をそそるものがあるんだ。昔からずっとそうだったような気がするな。どうしてだかはよくわからないけれどね」と答えている。

つまり、このやりとりが表しているのは、近代的に統一されてしまった言語と、近代的に統一される前の言語のことだろう。

「あなたはついさっきまでとてもきちんと話をしていた」に対応する「僕」の言葉は、キッチンにとって「いちばん大事なポイントは統一性なんです」「色の統一、デザインの統一、機能の統一」という「僕」の話し方のことだ。

▽「猫」が突然消える

一つの価値観、効率性というものの視点から、あらゆるものを統一的に、直線的に並べていくというのが、「近代社会」というものだが、仕事をしている時の「僕」、ネクタイをしている時の「僕」は、この近代的に統一された言葉で話している。

この場面は村上春樹独特の記述法で書かれている部分で、〈きちんと話をする〉ということが、マイナスの価値を含んで記されている。それゆえに、少し受け取りにくいかもしれないが、〈きちんと話をする〉とは、つまり〈統一的に話をする〉ということだ。

これに対して「台所には本当に統一性が必要なのかしら？」と問う「彼女」が「キッチン」ではなく、「台所」という言葉を使うのは、近代的に統一される以前のものの価値の側にあることを表しているのだろう。

さらに加えると、「彼女」は「象がいなくなったときはすごくびっくりしたでしょ？」「象が一頭突然消えてしまうなんて、誰にも予測できないですものね」と「僕」に話しかけている。そして二人の話の最後のほうになって「昔、うちで飼っていた猫が突然消えちゃったことがあるけれど」と「彼女」は語っている。

この「猫」が突然消える話は長編『スプートニクの恋人』（一九九九年）で描かれ、さらに自らの家のルーツと父親の戦争体験について書いた『猫を棄てる――父親について語るとき』（二〇二〇年）にも出てくる。

▽日本人の心の底に

村上春樹は「象の消滅」に描かれたように、近代的に統一される前の、動物と話せるような豊かな人間の言語の力を大切にして、小説を書いてきた作家だ。

小説は言語芸術なので、言葉の在り方を考えることが最も大切だが、その村上春樹の言語の在り方を象徴している動物が「象」なのである。

ならば、我々は動物と話せるような豊かな言葉の世界を失ってしまったのだろうか。そんなことはない。

「象さん、元気に長生きして下さい」と小学生が「象」に話しかけるように、ネクタイをしている時には「色の統一、デザインの統一、機能の統一――それが今のキッチンに最も必要なことなんです」と話している「僕」も「象のことになるとなんだか急にしゃべり方」が変化していく。日ごろ、近代的な言葉を駆使しているように見える日本人の心の底には、近代化される以前の言葉が生きているのだ。

その近代化され、統一化される以前の言葉の力を、これから書いていく小説によって、取り戻すことができれば「その時、象は平原に還り僕はより美しい言葉で世界を語り始めるだろう」という自覚と意志を持って、村上春樹は小説を書き始めたのだろう。

螢

第三章　ほんの少し先に浮遊する「魂」
――螢

たいへんなベストセラーである『ノルウェイの森』。一九八七年の刊行以来、単行本・文庫の上下巻合わせて、発行部数が総計一千万部以上という驚異的な長編小説である。これほど世代を超えて読まれ続ける現代作家の長編小説はないだろう。

この長編は「螢」という短編を長編化したものだが、『ノルウェイの森』で「螢」と重なる部分の最後に、「直子」という女性が精神を病み、「僕」の前から消えてしまうところがある。そして七月の終わり（一九六九年七月）、「僕」は寮で同室の男から、インスタント・コーヒーの瓶に入った「螢」をもらう。その同室の男は、寮生たちから「突撃隊」と呼ばれているが、彼は「ほら、こ、この近くのホテルで夏になると客寄せに螢を放すだろ？　あれがこっちに紛れこんできたんだよ」と話すのだ。

『ノルウェイの森』の「僕」が暮らす寮は、村上春樹が短期間、寮生だったことがある東京・目白台の男子学生寮「和敬塾」がモデルで、その寮から「僕」は、村上春樹の母校である早稲田大学とおぼしき大学に通っている。「突撃隊」が言う、夏になると客寄せに「螢」を放す近くのホテルとは「ホテル椿山荘」のことだろう。「和敬塾」と「ホテル椿山荘」は隣接していると言っていい距離だし、「和敬塾」から早稲田大学もすぐ近くである。

▽和泉式部の歌

さて「突撃隊」からもらった、この「螢」という動物に、村上春樹作品の特徴が、わかりやすく表れていると思われるので、そのことを紹介してみたい。

「僕」は夜、「突撃隊」からもらった瓶を持って寮の屋上に出る。瓶の底で「螢」がかすかに光っている。

「しかしその光はあまりにも弱く、その色はあまりにも淡かった。僕が最後に螢を見たのはずっと昔のことだったが、その記憶の中では螢はもっとくっきりとした鮮かな光を夏の闇の中に放っていた。僕はずっと螢というのはそういう鮮かな燃えたつような光を放つものと思いこんでいたのだ」

でも『ノルウェイの森』の「螢は弱って死にかけている」のである。心を病み、京都の山の中の療養所に入ろうかと考えているという手紙を「僕」に送ってきた「直子」と、弱って死にかけている「螢」が重なって読者に迫ってくる。

「僕」は瓶のふたを開けるが、「螢」はなかなか飛び立とうとしない。そしてようやく「螢」が飛び立つのだが「淡い光は、まるで行き場を失った魂のように」さまよいつづけていた。

この場面を読むと、和泉式部の「螢」の名歌「もの思へば澤の螢もわが身よりあくがれ出づる魂かとぞ見る」のことをいつも思う。和泉式部は京都郊外の貴船川まで来て、「螢」が乱舞しているのを見る。その「螢」は、あの人のことを思って自分の心からあこがれ出た魂のように見えるという歌だ。

▽近い「生」と「死」

この「螢」が和泉式部の歌と関係しているのではないかと思う理由は幾つかある。まず、短編「螢」でも長編『ノルウェイの森』でも「螢」が出てくる場面では「蛍」という常用漢字体ではなく、一貫して旧字体の「螢」が使われている。村上春樹は旧字を使用する作家ではなく、基本的に常用漢字体を使って書く作家なのに、旧字「螢」で通して書いているということは、この「螢」は〝古代につながるホタルだ〟ということなのだろう。

「僕」は「螢」の去った闇に何度も手をのばしてみる。指には何にも触れないが「その小さな光はいつも僕の指のほんの少し先にあった」という。

日本人の場合、肉体から遊離した魂はこの「螢」のように、和泉式部の「螢」のように、現実の肉体のすぐ近くを浮遊している。霊魂や死の世界と生の世界が非常に近いのだ。

「螢」のことを和泉式部は「わが身よりあくがれ出づる魂」かと思っているし、述べたように『ノルウェイの森』の「僕」が「螢」を瓶から放つ章では「そのささやかな淡い光は、まるで行き場を失った魂のように、いつまでもいつまでもさまよいつづけていた」と記されているのである。

▽**貴船川**

古代の日本人が「螢」を霊魂のように感じていたことを村上春樹が意識して、短編「螢」や『ノルウェイの森』の中で、「螢＝魂」と書いているのだと思えるが、だからと言って、この「螢」を放つ場面が和泉式部の「螢」の歌と重なっているとすることには、少し飛躍があると言えるだろう。

でも、たとえば、こんな事実もある。「直子」からの手紙にあった京都の山の中の療養所「阿美寮」まで、「僕」が「直子」を訪ねていく場面。

「僕」は月曜の朝、混んだ通勤電車に乗って東京駅まで行き、新幹線の自由席切符を買って、京都まで行く。そこから市バスで三条まで出て、近くの私鉄のバスターミナルに行って「阿美寮」に向かうバスに乗る。四十分ほどして、眺望の開けた峠に出ると、バスが五、六分停車して、反対側からやってくるバスを待つ……。

現在はこのバスは京阪線延伸のため、出町柳駅から出ているが、私も単身赴任中に京都・出町柳に三年ほど住んだこともあって、このバスに乗ってみたことがある。ほぼ作中に書かれたようにバスは進んでいくし、道幅が急に狭くなるので、大型バスがすれ違うことが不可能ゆえに、反対側からのバスを待つために五、六分停車する。そして、そのバスは途中、和泉式部の「螢」の歌の舞台である貴船川も通過して行くのである。

「螢」を夜の空に放つ時、「僕」は寮の屋上の隅にある給水塔の上に出る。月が目の前に浮かび、右手に新宿の街の光が見え、左手に池袋の街の光が見える。「車のヘッドライトが鮮かな光の川となって、街から街へと流れていた」とあって、「光」と「川」のイメージで、夜の景色が描かれている。

そして「螢を最後に見たのはいつのことだっけな」と「僕」は考える。よみがえってきたのは「大きな川ではない。岸辺の水草が川面をあらかた覆い隠しているような小さな流れ」で「螢」を見た記憶である。和泉式部の「螢」の貴船川もまた、「大きな川ではない」。

▽月あかりの下

そうやって「阿美寮」を訪ねた「僕」の前で、「直子」が月あかりの下、自分が裸になって完全な肉体を見せる幻想的な場面がある。その「直子」が裸になる直前、「僕」の目をじっとのぞきこむ。

「僕の顔と彼女の顔はほんの三十センチくらいしか離れていなかったけれど、彼女は何光年も遠くにいるように感じられた」「僕が手をのばして彼女に触れようとすると、直子はすっとうしろに身を引いた」と記されている。

この場面は、「僕」が寮で「螢」を放つ章の最後の言葉である「僕はそんな闇の中に何度も手をのばしてみた。指は何にも触れなかった。その小さな光はいつも僕の指のほんの少し先にあった」と対応しているところだ。

▽サングラスを掛けて

述べてきたように「螢＝直子」ということとなのだが、もう一人「緑」という対照的な女性が『ノルウェイの森』には登場する。この「直子」と「緑」という女性を通して、「螢」という動物が意味することをさらに考えてみたい。

貴船川から奥に進んでいった山中にある「阿美寮」で、心を病んで療養する「直子」は森の中で首を吊って死んでしまう。

そして「僕」が早稲田大学とおぼしき大学で出会う「緑」は「まるで春を迎えて世界にとびだしたばかりの小動物のように瑞々しい生命感を体中からほとばしらせていた」という女性。「阿美寮」を訪ねた「僕」の前で「直子」が月あかりの下、裸になって完全な肉体を見せる場面では、「直子」は「まるで月光にひき寄せられる夜の小動物のように見えた」とあるので、この二人の女性が対比的な小動物のペアとして書かれていることは間違いない。

「月あかり」の下にある「直子」とは対照的に「緑」は「濃いサングラス」を掛けて作品に登場する。この「サングラス」のことが繰り返し書かれている「緑」は「太陽」と関係した女性ということなのだろう。

つまり、弱って死にかけている「螢」のその後のように、森の中で首を吊ってしまう「直子」は「死」を象徴する女性。月光の下に在る人だ。

これに対して、春を迎えて世界にとびだしたばかりの小動物のように瑞々しい生命感に満ちた「緑」は「生」を象徴する女性。太陽の光の下でサングラスを掛けて在る人である。

▽赤と緑の反転

よく知られるように『ノルウェイの森』の装丁は上巻が赤、下巻が緑という非常にシンプルなものである。私が『ノルウェイの森』で村上春樹をインタビューした時には、まだこの装丁が出来上がっていない段階だった。そして『ノルウェイの森』刊行の翌年、一九八八年に出た『ダンス・ダンス・ダンス』で、村上春樹にインタビューした時にも『ノルウェイの森』はベストセラーの真っ最中で、この時にも『ノルウェイの森』の話となり、同書の装丁の話となった。

その時、村上春樹が『ノルウェイの森』の装丁について「赤と緑の反転以外にはないと思った」と語っていたことが印象的だ。赤と緑はクリスマスカラーなので、それを当て込んだ装丁のように言われることも多いが、それは間違いである。『ノルウェイの森』の発売は一九八七年九月のことであり、村上春樹も半袖姿で私のインタビューを受けていた。

その装丁をよく見てみると、上巻は全体の赤色の中に題名と著者名だけが緑色で印刷されていて、逆に下巻は緑色の中に題名と著者名だけが赤色となっている。村上が言う「反転」とはこのことだ。

血のような赤色は「生」の象徴。そして緑色はビートルズの『ノルウェイの森』が好きな「直子」の自殺の場所である森の色である。緑色は「死」の象徴だ。

▽一部として存在している

『ノルウェイの森』にも、短編「螢」にも「死は生の対極としてではなく、その一部として存在している」という言葉が、作中、一カ所だけゴチック体で印刷されている。『ノルウェイの森』の装丁は、おそらくこの言葉の反映だろう。

つまり上巻の装丁を見てみれば「死（緑）は生（赤）の対極としてではなく、その一部として存在している」。ゴチック体で記された言葉が、そのまま装丁となっている。その延長線上に下巻の装丁を見てみれば「生（赤）は死（緑）の対極としてではなく、その一部として存在している」という装丁なのだ。

『ノルウェイの森』の装丁は村上春樹自身がおこなっている。それゆえに、この装丁の中に、村上春樹が自分の文学世界を表現していると受け取ってもいいと思う。

その装丁によく表れているように、村上春樹の物語世界では、「死」の世界が、「生」の世界のすぐ近くにある。生と死の世界がとても近い。それがデビュー作から、村上作品を貫く大きな特徴である。

このように「螢」は、霊魂の世界や死の世界を表していて、その霊魂の世界や死の世界が、生の世界のすぐ近くに浮遊していることを象徴している。そして、村上春樹の多くの物語は「死の世界と生の世界がとても近い」という特徴をもっている。「死の世界と生の世界がとても近い」のは、村上春樹ばかりでなく、日本人に共通する霊魂の感覚だが、それを象徴する動物が「螢」なのである。

▽緑色が似合わないの

この章の最後に「緑」という女性と、「螢」を「僕」にくれる「突撃隊」という男性ににつ いて、少し加えておきたい。

「生」の象徴のような女性に「緑」という名がつけられているので、緑色を「生」の色とする考えもある。さらに「僕」の高校時代の友人で「直子」の恋人だったキズキが赤いホンダのN360の中で自殺しているので、赤色を「死」の色と読む人もいる。

その考えに従えば、下巻の装丁のほうが「死（赤）は生（緑）の対極としてではなく、その一部として存在している。」ということになる。

でも「僕」と「緑」が初めて話す場面で「私ね、ミドリっていう名前なの。それなのに全然緑色が似合わないの。変でしょ」と「緑」が語っている。これは、自分は「ミドリという名前」だが、生命感に溢(あふ)れた人間ゆえに「全然緑色（死の色）が似合わないの」と受け取るほうが、自然ではないかと思う。

その「緑」は「突撃隊」と役割を交代するように、物語の中に登場してくる。「突撃隊」は「ある国立大学で地理学を専攻」している。「僕」と寮で最初に会ったとき「大学を出たら国土地理院に入ってさ、ち、ち、地図作るんだ」と話している。

このように吃(きつ)音の持主らしい「突撃隊」について、村上春樹は「僕の小説には99パーセントまでモデルはいないのですが、『ノルウェイの森』に出てくるちょっとどもるルームメイトだけは、モデルがいます。ほんとうに僕のルームメイトでした。すごく真面目な人でした」とインターネットを通しての読者とのやりとりの中で記している。

▽地図に興味を持つ二人

巧まずして、ユーモラスな面を発揮してしまう、その「突撃隊」は『ノルウェイの森』の中の人気者で「直子」も「その人に会ってみたいわ、私。一度でいいから」と言っているし、「緑」も「僕」から聞いた「突撃隊の話で大笑い」している。「突撃隊は世界中の人を楽しい気持にさせるようだった」

その「突撃隊」は「緑」が登場すると、物語の直接の登場人物ではなくなるが、交代するように出てくる「緑」のアルバイト先は地図会社で、仕事は地図の解説を書くことだ。同じ地図というものに興味を持っている「突撃隊」と「緑」は『ノルウェイの森』の中で読む人を「楽しい気持にさせる」という同じ役割を担っているのだろう。

一角獣

第四章　貫く、神話的な世界――一角獣

明治神宮外苑の絵画館前に一対の「一角獣」の像がある。そのあたりは千駄ヶ谷でジャズ喫茶「ピーター・キャット」を開いていたころからの村上春樹の散歩コースだったようで、一九八〇年の短編「貧乏な叔母さんの話」（『中国行きのスロウ・ボート』、一九八三年）にも「僕は散歩の帰り、絵画館前の広場に腰を下ろし、連れと二人で一角獣の銅像をぼんやり見上げていた」とあるし、二〇一四年に刊行された短編集『女のいない男たち』の表題作「女のいない男たち」にも「僕は散歩の途中、一角獣の像の前に腰を下ろし（僕のいつもの散歩コースには、この一角獣の像がある公園が含まれている）、冷ややかな噴水を眺めながら、その男のことをよく考える」と記されている。

その「一角獣」が作品の中心に出てくるのは、長編『世界の終りとハードボイルド・ワンダーランド』（一九八五年）だ。この小説は「ハードボイルド・ワンダーランド」という開放系の話と、「世界の終り」という閉鎖系の話が、交互に展開していく物語。その両方に「一角獣」のことが出てくるのだが、ここでは主に「世界の終り」のほうの「一角獣」について紹介したい。

▽人びとの心を吸収

その「世界の終り」の街は、高く長大な壁に囲まれている。そして、街に入る時に、人びとは「門」のところで、自分の「影」を切り離して門番に預ける。それと引き換えに、安らぎに

満ちた生活を送ることができる。だが「影」を切り離した人たちは、次第に「心」を失っていく……。語り手の「僕」も、自分の「影」を門番に預けて、街に入るのだ。

この街には、額の真ん中から一本の長い白い角が伸び、秋に金色の体毛に覆われる「一角獣」が千頭以上もいる。この「一角獣」は人びとの「心」を吸収し回収して、それを街の外の世界に持っていってしまう。そして冬が来るとそんな「自我」を体の中に貯めこんだまま死んでいく。「一角獣」が死ぬのは、冬の寒さでもなく食料の不足でもなく、街の人びとの「心」、「自我」の重みによってだ。

その街での「僕」の仕事は夜の図書館で、死んだ「一角獣」の頭骨から「古い夢」を読む「夢読み」というもの。死んだ「一角獣」の頭骨内に刻まれた人びとの「自我」はこの「夢読み」で大気に放出されていく。そして、春には死んだ数だけの「一角獣」が誕生。街は完全な循環の中にあるのだ。

でも「この街は不自然で間違っている」。衰弱していく「僕の影」がそう指摘して、一緒に街を出ようと「僕」を誘う。一方で、まだ「心」が残っている「僕」は「夢読み」を続けていて、その仕事を図書館で手伝う司書の女の子と親しくなるのだが、「彼女」は既に「心」が失われている……。

このように、壁に囲まれて穏やかな生活は続くが、「心」を捨てている街。その姿がどこか日本社会と重なって迫ってくる物語である。

▽森に追放される

だが、実は、街の中に「心」を捨て切れない人びとがいて、その人たちは「森」に追放されるのだ。図書館の女の子の母親も「心」を残して、「森」に追放された人である。図書館の女の子は母親と自分のことについて、こう「僕」に語っている。

「そうよ、私には心はないわ。母には心があったけれど、私にはないの。母は心を残していたせいで森に追放されたの。あなたには言わなかったけれど、私は母が森に追放されたときのことをよく覚えているわ。今でもときどき思うのよ。もし私に心があれば母と一緒にずっと森の中で暮していたんだろうなって。それに心があれば私にもあなたをちゃんと求めることができるのよ」

そして「心がそこにあれば、どこに行っても失うものは何もないって母が言っていたのを覚えてるわ。それは本当？」と「僕」に問うのだ。

これに対して「僕」が「でも君のお母さんはそう信じていたんだろう？　問題は君がそれを信じるかどうかだ」と答えると、彼女は「私は信じることができると思うわ」と言うのだ。その「信じる」という言葉に、「僕」は驚いて、「信じる？」と訊き返している。

なぜなら、「信じる」ということは、まぎれもなく「心」の作用だからだ。つまり彼女の「心」は失われてはいなかったということである。

▽すべてのものが僕自身

多くの村上春樹の作品には、主人公たちが自分の本当の「心」を見つけ出せれば、それが世界を新しく作り直す力を秘めていることが書かれている。その「心」の力の発見を、「一角獣」を通して描いた長編が『世界の終りとハードボイルド・ワンダーランド』だった。

「夢読み」の「僕」も、最初はたくさんの「一角獣」の頭骨から夢を読んでも、それらの夢は断片のようで「どれだけつなぎあわせてみても、全体像を把握すること」ができなかった。

　そして「夢読み」を手伝う「彼女」の「心」は死んでいるが、それでも「お母さんの記憶を媒体として、その心の残像か断片のようなものが残っていて、それがおそらく君を揺さぶっているんだ。そしてそれを辿っていけばきっと何かに行きつけるはずだ」と「僕」は話す。すると、しばらくして「彼女」は「私の心をみつけて」と言うのだ。

　その二人が「東の森」という森を訪れ、森の中にある発電所で「僕」が楽器の手風琴を手にいれる場面がある。その手風琴で「ダニー・ボーイ」を演奏すると、「僕」はその音楽の中に街そのものの息づかいを感じることができるようになった。「僕」は「ここにあるすべてのものが僕自身であるように感じられた。壁も門も獣も森も川も風穴もたまりも、すべてが僕自身なのだ。彼らはみんな僕の体の中にいた。この長い冬さえ、おそらくは僕自身なのだ」と村上春樹は書いている。

▽頭骨が放つ光

　すると、目を閉じて、「僕」の腕を両手でじっと握りしめていた「彼女」の瞳からは涙が流れ出す。その涙はあたたかく、ほのかな優しい光が「彼女」の頬を照らし、涙を輝かせていた。しかし、その光は書庫の天井に吊された薄暗い電灯のものではなかった。もっと星の光のように白く、あたたかな光だ。

　「僕」が立ちあがって天井の電灯を消してみると、光のもとは「一角獣」の頭骨が放つ光だった。「その光は春の陽光のようにやわらかく、月の光のように静かだった。棚の上に並んだ無数の頭骨の中に眠っていた古い光が今覚醒しているのだ。頭骨の列はまるで光を細かく割ってちりばめた朝の海のように、そこに音もなく輝いていた」のだ。

「光は僕にやすらぎを与え、僕の心を古い思い出がもたらすあたたかみで充たしてくれた」「それは素晴しい眺めだった。あらゆるところに光が点在していた」と村上春樹が書いている。これは、この長編でもっとも美しい場面である。

▽「再生」を追究

「あそこに君の心がある」と「僕」は言う。「君の心だけが浮きだして、あそこに光っているんだ」「僕は君の心を読むことができる。そしてそれをひとつにまとめることができる。君の心はもう失われたばらばらの断片じゃない。それはそこにあって、もう誰にもそれを奪いとることはできないんだ」と「僕」は「彼女」に伝えるのである。

失われたはずの女の子の「心」を「僕」の「夢読み」は見つけ出したのだ。「心」を吸いとる「一角獣」。だがその「一角獣」の頭骨には古い「記憶」も「心」も残されている。「心」を見つけた「僕」は「僕の影」からの「一緒に街を出よう」という誘いを断り、「彼女」と一緒に「東の森」の中に行くことを「僕の影」に伝える。そこで物語は終わっている。

『世界の終りとハードボイルド・ワンダーランド』は、そのような「一角獣」の頭骨に残された「夢読み」と本当の「心」の発見を通して、現代社会の「再生」を追究した神話的な物語だ。

「僕」の「夢読み」の場所が夜の図書館であり、「夢読み」を手伝う「彼女」が図書館の司書であること、さらに「ハードボイルド・ワンダーランド」のほうの「私」と仲良くなる「彼女」がやはり「図書館」の司書であることとなど、「夢読み」が「読書」という行為と重なってくる小説だと言うこともできるだろう。

▽「東の森」

　村上春樹作品が世界中で読まれている理由の一つには、世界中に共通する形を持つ神話を初期作品から意識的に物語に取り込んできたことがある。この『世界の終りとハードボイルド・ワンダーランド』にも神話の反映と思われるものがたくさんある。

　そもそも「一角獣」が神話的な幻の動物だ。旧約聖書でアダムとイヴが食べた禁断の果実は「りんご」として描かれる場合が多いし、りんごはギリシャ神話にも北欧神話にも出てくるが、この作品の「一角獣」が夜眠る場所も「りんご林」の近くにあるという設定だ。

　最後に「僕」と「彼女」が向かうところは「東の森」。これは「心」を捨てきれない者が追放される「森」だが、北欧神話やゲルマン神話にも出てくるのも「東の森」だ。『世界の終りとハードボイルド・ワンダーランド』には、村上春樹が描いた「世界の終り」の街の地図がついているが、その地図にも「東の森」がちゃんと描かれている。「東の森」への関心は強く、遡ってみれば『羊をめぐる冒険』（一九八二年）に登場する「羊男」も「ごそごそと身をよじって羊の衣裳に体をなじませてから、足早に草原を東の森に向けて突っ切っていった」と記されている。

▽太古の記憶

　「世界の終り」の門番の小屋にはさまざまな手斧やなたやナイフが並んでいて、門番は暇さえあればそれらを大事そうに砥石で研いでいる。「手斧の柄も彼が作ったものだ。「十年もののとねりこの木を削って作るんだ」「東の森に行くと良いとねりこがはえているんだ」と「僕」に自慢する。

この「とねりこ」の木は北欧神話、ゲルマン神話の世界樹だ。ユグドラシルという名前のとねりこの大樹が立っている世界が北欧神話、ゲルマン神話である。

ちなみに「世界滅亡の戦争」の時には世界樹ユグドラシルの下に隠してあった角笛が神々の番人によって吹かれる。『世界の終りとハードボイルド・ワンダーランド』の「世界の終り」の街の門番が角笛を吹いて黄金色に変貌していた「一角獣」たちを集めるのも、この神話と関係しているのかもしれない。「角笛の音が街にひびきわたるとき、獣たちは太古の記憶に向ってその首をあげる」とあるように、金色の「一角獣」は「太古の記憶」と結びついているのだ。

さらに「世界の終り」という名前にも「世界滅亡の戦争」（神々の黄昏（たそがれ））のことが反映しているのかもしれない。

ドイツの作曲家リヒャルト・ワーグナーが北欧神話、ゲルマン神話を基に作曲した楽劇『ニーベルングの指環』にも「東の森」は出てくるし、『ラインの黄金』『ワルキューレ』『ジークフリート』『神々の黄昏』の四つをつなぎ合わせた、この神話的な大オペラ『ニーベルングの指環』の『神々の黄昏』のことは『羊をめぐる冒険』や『１Ｑ８４』（二〇〇九年、二〇一〇年）にも記されるなど、村上春樹作品の神話的な広がりは、初期から一貫している。

▽オルフェウス

「ハードボイルド・ワンダーランド」の話のほうには、ギリシャ神話の「オルフェウス」のことが何度か出てくるが、「世界の終り」のほうの「僕」が手風琴の演奏で自分と世界の成り立ちを理解したことには、竪琴の名手であった「オルフェウス」と響き合うものも感じることができる。このように『世界の終りとハードボイルド・ワンダーランド』は神話的な世界で展開されていく長い物語なのである。

猫

第五章　魚系の名前で再生する
──猫（その1）

猫派か犬派かで言うと、村上春樹は明らかな猫派である。多くの小説に登場する「猫」は村上春樹文学にとって最も重要な動物。この「猫」という動物について、三章に分けて紹介したい。

その「猫」に、村上春樹作品では、なぜか魚系の名がつけられる場合が多い。たとえば『羊をめぐる冒険』（一九八二年）で登場する「猫」には「いわし」という名前がつけられている。

この長編小説は背に星の印のある「羊」を探すため「僕」が、北海道へ行く物語だが、その旅に出かける直前に、「羊」探しを依頼してきた「先生」（右翼の大物だが、いまは脳の血瘤で倒れている）の第一秘書で黒服を着た組織ナンバー・ツーの男に「猫を飼ってるんですよ」と「僕」は電話をして、これを「誰かに預かってもらえないと旅行に出られない」と告げる。

第一秘書の男は「ペット・ホテルならそのへんに幾らでもあるだろう」と言うが、「年取って弱ってるんですよ。一ヵ月も檻の中に入れておいたら死んでしまいますよ」と主張。男は仕方なく、「僕」の要求にしたがって、「先生」の車の運転手に「猫」を受け取りに来させるのだ。

▽「ここにいわし、いわしあれ」

翌朝の十時、「おはようございます」とやってきた運転手に「猫」を渡すのだが、その「猫」は、尻尾の先が六十度の角度に曲がり、歯は黄色く、右眼は三年前に怪我したまま膿がとまらず、ほとんど視力を失いかけていた。年のせいで一日に二十回ぐらいおならをするという、あまり可愛くはない「猫」である。

　そして、車の運転手が「なんていう名前なんですか?」と問うと、「名前はないんだ」と「僕」が答えるのだ。「じゃあいつもなんていって呼ぶんですか?」と聞く運転手に、「呼ばないんだ」「ただ存在してるんだよ」と「僕」は応えている。

「でもじっとしてるんじゃなくてある意志をもって動くわけでしょ?　意志を持って動くものに名前がないというのはどうも変な気がするな」と運転手が言う。それに対して「僕」は「鰯（いわし）だって意志を持って動いてるけど、誰も名前なんてつけないよ」と反論するが、「だって鰯と人間とのあいだにはまず気持の交流はありませんし、だいいち自分の名前が呼ばれたって理解できませんよ。そりゃまあ、つけるのは勝手ですが」と運転手は述べるのである。

「ということは意志を持って動き、人間と気持が交流できてしかも聴覚を有する動物が名前をつけられる資格を持っているということになるのかな」という「僕」の意見に、「そういうことですね」と納得した運転手が、それなら「どうでしょう、私が勝手に名前をつけちゃっていいでしょうか?」と言う。

　続けて「いわしなんてどうでしょう?」と提案するのだ。理由は「つまりこれまでいわし同様に扱われていたわけですから」。

　この提案に「悪くないな」と「僕」は同意。「そうでしょ」と「運転手」も得意そうだ。北海道まで同行する耳のモデルの「僕」のガール・フレンドも「悪くないわ」「なんだか天地創造みたいね」と述べると、それに和して「ここにいわしあれ」と「僕」は言うのだ。

▽名づけへの深いこだわり

この「猫」が「いわし」と名づけられるまでの「僕」と「運転手」のやり取りからわかるのは、「名づけ」ということに対する村上春樹の深いこだわりである。

『羊をめぐる冒険』は文庫版では上下二巻本だが、この「猫」への名づけの場面は上巻の最後の項で、それは「いわしの誕生」と命名されており、猫への「いわし」という名づけは、重要な意味を持っていることが表明されている。

その尻尾の先が曲がり、歯は黄色く、右眼がほとんど視力を失いかけていた「いわし」だが、『羊をめぐる冒険』の物語の最後には「いわしは元気」となり、「先生」の車の運転手が「まるまると太っちゃいましてね」と「僕」に告げている。

さらに『ねじまき鳥クロニクル』(一九九四年、一九九五年)には「サワラ」という「猫」が登場する。この大長編は「猫」が家から行方不明となる場面から始まっているのだが、第2部では妻も失踪するので、この「猫」の行方不明は、妻の失踪の予告となっている。

行方不明となった「猫」の名は最初、「僕」の妻クミコの兄と同じ「ワタヤ・ノボル」という名前だった。理由は妻の兄「綿谷ノボル」に目つきがどことなく似ていたからだ。

その「猫」が第3部で、約一年ぶりに家に帰ってくる。「僕」が玄関の戸を開けると待ちかねたように大きな声で鳴きながら、先が少し曲がった尻尾を上に立てて、「猫」がやってきたのだ。

スーパーで買ってきた生の鰆(さわら)の切り身を皿に入れて、与えると、猫はすごく腹を減らせていたらしく、喉に詰まらせ、ときどきあえいで口の中にあるものを吐き出しながら、あっという間にその切り身を平らげてしまった。

▽「サラワ」への改名

「猫」の水飲み専用にしていた深い皿を流しの下から見つけて、たっぷり冷たい水を入れてやると、「猫」はそれもあらかた全部飲んでしまい、やっと一息ついて、自分の汚れたからだをひとしきり舐めていたが、そのうちにふと思いだしたように「僕」のところにやってきて、膝の上にあがり、体を丸めて眠り込んでしまう。

よほどおいしかったのだろう。鰆を載せた皿はまるで綺麗に洗って拭いた後みたいにぴかぴかだった。「猫」が戻ってきたちょうどそのときに、自分がたまたま鰆を買って来たことは「猫にとっても僕にとっても、祝福すべき善き前兆であるように思えた」。そう感じた「僕」は「猫」を「ワタヤ・ノボル」から「サワラ」へと改名するのだ。

この長編は、突然、失踪してしまった妻クミコを長い時間をかけて取り戻す物語。その中に失踪中の妻とコンピューター通信を使って、言葉をやりとりする場面がある。

「僕」は妻に「まず良いニュースから。今年の春に、猫が突然戻ってきた。ずいぶんやせてはいたけれど、元気で傷一つなかった。それ以来猫はどこにもいかずに、ずっと家に居ついている。本当は君に相談しなくてはいけなかったんだろうけれど、勝手に新しく名前をつけた。サワラ。魚のサワラ。僕らは二人でけっこううまくやっている。これは良いニュースだね、たぶん」と「猫」の改名について、報告している。

▽生命のシンボル

「僕」が妻を取り戻すには、妻の兄である「綿谷ノボル」を打ち倒さなくてはならない。

なぜなら「綿谷ノボル」は、日本を戦争に導いた精神を体現するような人物なのだ。
物語の最終盤、ホテルの「208」号室の暗闇の中で、「僕」は野球のバットで、ついに「綿谷ノボル」を打ち倒すのだが、その長い長い物語の最後に、コンピューター通信を通して届いた「クミコの手紙」というものが書かれている。

そこには「どうか猫を大事にして下さい。私はその猫が戻ってきたことを本当に嬉しく思っています。たしかサワラという名前でしたね。私はその名前が好きです。あの猫は私とあなたとのあいだに生じた善いしるしのようなものだったのだと、私は思っています」と記されていた。

太古、魚は生命のシンボルだった。この魚系の名を持つ「猫」たちは、その生命力と再生の象徴としてあるのではないだろうか。

「魚」に「春」と書く「鰆（さわら）」は春を告げる魚だ。瀬戸内海には桜の終わる頃に産卵のため押し寄せる。春を告げる「サワラ」が妻の帰還の予告となっているし、弱っていた「いわし」がまるまると太るのも、豊かな魚の再生力だろう。

猫

その2

第六章　成長示す、猫との会話能力
——猫（その2）

長編『海辺のカフカ』（二〇〇二年）に「トロ」という名の「猫」が出てくる。トラック運転手の「星野青年」が「鮨のトロ？」と問うと、「猫」は「近所の鮨屋で飼われているんだ」と答えている。

前章で紹介したように『羊をめぐる冒険』（一九八二年）では「いわし」、『ねじまき鳥クロニクル』（一九九四年、一九九五年）では「サワラ」と、登場する「猫」に魚の名がついていた。「トロ」も魚系の名であるので、本章では「猫」の「トロ」とはどんな存在なのかについて考えてみたい。

「星野青年」が以前から「猫」と話せたわけではない。彼は、かつて「猫」と話すことができた初老の「ナカタさん」と東名高速道路の富士川サービスエリア（静岡県富士市）で出会い、四国まで同行することになる。その時の「星野青年」の姿は派手なアロハシャツ、中日ドラゴンズの帽子に、耳ピアスという姿だった。

▽星野仙一カントク

ちなみに、村上春樹はヤクルト・スワローズのファンとして有名だが、この「中日ドラゴンズの帽子」をかぶっている「星野青年」には、中日ドラゴンズのエース投手として活躍し、長く監督を務めた星野仙一（二〇一八年死去）が重なっているようだ。

「俺ね、星野っていうんだ。中日ドラゴンズのカントクやってた星野と同じ字。親戚関係はねえけどな」と「星野青年」は話している。だが、その星野監督がこの長編が刊行される前年の二〇〇一年十二月十七日に阪神タイガースの監督に就任してしまった。

これに関して『村上春樹編集長――少年カフカ』（二〇〇三年）という『海辺のカフカ』刊行直後の読者とのインターネットメールを通しての質問への応答集に、次のようなやりとりがある。

「星野監督が中日から阪神に移られた事は、この作品にどの程度影響を与えていますか？もう作品を書き進められている頃での移籍かと思いますが、春樹さんはそのニュースを耳にされてどのように感じられましたか？」

この質問に対して、村上春樹は「そうなんです。この小説を書いている途中で星野のやつが阪神の監督になっちまったんですよ。ショックだったなあ。『なんてことするんだ、お前！』と怒鳴りたくなった。でもいまさらシチュエーションを変えるわけにはいかないし、真っ青でした。でもまあ、星野っていえば中日ですよねぇ、なんといっても」とぼやきながら答えている。

でも、この長編小説で描かれる「星野青年」が「ナイス・ガイだから、この小説のお陰で名古屋の評判も多少は良くなるのではないかとひそかに思ってます」というドラゴンズファンからのメールも村上春樹に寄せられている。

▽世界が広がっている

そんな「星野青年」は岐阜の農家の生まれで、男ばかりの五人兄弟の三男。中学校までは比較的まともだったが、工業高校にあがってから悪い友だちとつきあい始め、何度か警察沙汰も起こすようになった。自衛隊に入って輸送用大型車両の運転をやったが三年でやめて、運送会社に職を見つけて、六年間、長距離トラックの運転をし続けている。

この「星野青年」が、出会った「ナカタさん」を神戸まで乗せ、さらに仕事をすっぽかして四国・高松まで一緒に行くということから、彼の心に大きな変化が訪れるという展開だ。

「星野青年」が、ある時、高松市の喫茶店に入ると音楽がかかっていた。ベートーベンの『大公トリオ』だと店主が教えてくれた。「優しい感じがする」と思った彼は翌日も店を訪れて同じ曲を聴く。そして音楽を聴くうちに「俺はとにかくいけるところまでナカタさんについていこう。仕事なんて知ったことか」と心を決める。そして『大公トリオ』のCDまで買ってしまう。

その「星野青年」が「ナカタさん」と一緒に、高松の甲村記念図書館という私立図書館に行った際、同図書館の「大島さん」という人に「音楽には人を変えてしまう力ってのがあると思う？　つまり、あるときにある音楽を聴いて、おかげで自分の中にある何かが、がらっと大きく変わっちまう」ことがあるかと尋ねる場面がある。

「大島さん」はうなずき、こう語る。

「そういうことはあります。何かを経験し、それによって僕らの中で何かが起こります。化学作用のようなものですね。そしてそのあと僕らは自分自身を点検し、そこにあるすべての目盛りが一段階上にあがっていることを知ります。自分の世界がひとまわり広がっていることに。僕にもそういう経験はあります。たまにしかありませんが、たまにはあります。恋と同じです」

「星野青年」はそんなに大がかりな恋をした経験はなかったが、「そういうのはきっと大事なことなんだろうね？」「つまりこの俺たちの人生において」と言うと、「はい。僕はそう考えています」と「大島さん」は答えている。

▽素敵な音楽じゃないか

文字は読めないが、「猫」と話せる力を持っていた「ナカタさん」は、猫殺しの「ジョニー・ウォーカー」と闘って、「ジョニー・ウォーカー」をナイフで殺してから、「猫」と話せる力を失ってしまうが、石とは少し話せる力を持っていた。

でも「星野青年」には、「猫」と話せる力も石と話せる力もなかった。そして、「ナカタさん」が死んでしまった後、「星野青年」が、独りでまた『大公トリオ』のCDをかけると、最初の楽章の主題を聴いているときに、両方の目から涙が自然にこぼれ落ちてきた。

「やれやれ、この前に俺が泣いたのはいつのことだっけな」と「星野青年」は思う。柔らかい心に優しい感情がわいてきているのだ。

そして『大公トリオ』を聴きながら、目の前にある〈入り口の石〉という石に向かって「星野青年」が「どうだい、素敵な音楽じゃないか。聴いていると心が広がっていくような気がしねえかい？」と話しかけるのだが、でも石は黙ったままだった。

その後、窓の外に太った「黒猫」がきたので、「星野青年」は「よう、猫くん。今日はいい天気だな」と声をかけるのだが、今度は「そうだね、ホシノちゃん」と「猫」から返事が返ってきたのだ。これに「星野青年」は「参ったなあ」と言うのである。

この「そうだね、ホシノちゃん」と話す「黒猫」が「トロ」である。その「トロ」は、前述したように「近所の鮨屋で飼われているんだ。犬も飼っていて、そっちの名前はテッカっていう」のだと話している。

「で、トロさんは俺の名前を知ってるんだ?」と「星野青年」が「トロ」に聞くと、「きみはなかなか有名なんだよ。ホシノちゃん」と「黒猫」の「トロ」は言う。「猫はなんでも知っている。ナカタさんが昨日のうちに死んじまったことも、そこに大事な石があることも。このへんで起こったことで、わしの知らないことはない。けっこう長く生きているから」と語るのだ。このように「星野青年」と「黒猫トロ」との会話が描かれる物語である。

▽成長のしるし

この時、甲村記念図書館の「大島さん」が言うように「星野青年」は、音楽の力で自分の世界を広げ、すべての目盛りを一段階上にあげて、「猫」と話せるようになっていたのだ。

この「黒猫トロ」との会話は「星野青年」の成長のしるしなのだが、どういう形での成長を「星野青年」が体現しているかという点を考えておきたい。

「象」の章で、短編「象の消滅」を例に挙げながら紹介したが、村上春樹は、近代的に統一される前の、動物と話せるような豊かな人間の言語の力を大切にしながら小説を書き続けてきた作家だ。

村上春樹作品ばかりでなく、おとぎ話の『桃太郎』を例に考えてみればわかるが、川で拾った桃から生まれた桃太郎と、それにお供することになる犬、猿、キジがみな言葉を交わしている。近代以前の日本人はそのように動物と話せるような力を持っていたし、説話文学も人間ならざるものと話せる人びとを描いてきたが、近代以降の日本人はそんな力を捨ててしまった。

しかし、私たちは動物や石や物に話しかけ、それらの声を受け取る力をまだ秘めている。近代以前の日本人が持っていた、そのような力を発揮しながら書かれているのが村上春樹の小説なのである。

　そんな意味で「自分の世界がひとまわり広がって」成長した「星野青年」は「猫」と話せる力を獲得しているのだろう。

▽効率性追求の社会

　そして、もう一つ大切なことを述べておきたい。近代日本社会はひたすら効率性を追求して、無駄なものを排除してきた。そのために、人間、個人個人が本来持っている個性や生き方や価値観を許さない社会を築いてきた。多様な価値観を排除した、この「効率社会」の行き着いたところが戦争だった。その「効率性」を追求する社会が生み出す問題への村上春樹の洞察が「星野青年」の生き方に描かれている。

　「星野青年」のこれまでの人生は、近代日本が追求してきた効率的な直線的な道とは逆のものである。何度か警察沙汰も起こすような寄り道の多い、曲がりくねった人生だった。

　でも、その「星野青年」に「俺は今のところ少しはナカタさんの役に立っている」「役に立っているというのはなかなか悪くない気分だ。そんな気持ちになれたのはほとんど生まれて初めてのことだ」「なんというか、自分が正しい場所にいるっていう実感があるんだな」という瞬間がやってきている。

　「効率性」だけを考えてきた人には決して訪れない、成長する人間の姿を表している「黒猫トロ」と「星野青年」の会話なのである。

カンガルー

第七章　動きに満ちた話し言葉
――カンガルー

村上春樹の第一短編集『中国行きのスロウ・ボート』（一九八三年）に「カンガルー通信」（「新潮」一九八一年十月号）という作品がある。デパートの商品管理課に勤務して、苦情処理の仕事をしている二十六歳の「僕」が、動物園に行って、四匹のカンガルーを見ているうちに、顧客の苦情の手紙に対して、返事の手紙を出したくなるという話だ。

デパートの苦情処理の仕事は「おそろしくつまらない仕事」だそうだ。もっとも、どんな会社や組織にとっても苦情処理はつまらない仕事だろうが。

▽苦情の手紙

たとえば、こんな苦情が寄せられる。買ったばかりのストッキングが二足続けてすぐに伝線してしまっただとか、ぜんまい仕掛けの熊がテーブルから落としただけで動かなくなってしまっただとか、バスローブを洗濯機にかけたら四分の一も縮んでしまっただとか……そういう類いの苦情だ。

それらの苦情に対して、商品管理課では便宜上ABCの三ランクに分類して対応、処理していく。（A）はもっともな苦情。当方が責任を負わねばならぬケース。（B）は道義的・商業慣習的・法律的には当方に責任はないが、デパートのイメージを傷つけぬため、無用のトラブルを避けるために相応の措置を取るケース。（C）は明らかに客の責任であり、当方は事情を説明しておひきとり願うというケース。

「カンガルー通信」で描かれるケースは、ブラームスとマーラーのレコードを間違えて買ってしまったというもの。間違えてレコードを買った女性は、最初、レコードにはどうも違う曲が入っているような気がしたのだけれど、レコードそのものが間違っていることに気づくにちょうど一週間かかる。そして売り場の女の子は交換してくれないので、苦情の手紙を書いたということのようだ。

でも、これは商品管理課の苦情の分類では(C)のケースである。「①一度買ったレコードは②とくに一週間も経ったあとで③レシートもなしに、交換するわけにはいかない」からだ。

▽「カセット・テープ」の手紙

「僕」は何度もその苦情に返事を書こうとしていたが、浮かんでくるのは見当違いな言葉ばかり。不完全な手紙を出すくらいなら、出さない方がマシと思っていたが、でもカンガルーを見ているうちに、ひとつの啓示を受けたのだ。

そうやって出される手紙は「カセット・テープ」に吹き込まれた手紙。その吹き込んだ手紙に「カンガルー通信」と「僕」は名づける。そして「カンガルー」を見ていて得た「啓示」について、それは「つまり大いなる不完全さ」だと「僕」は「カンガルー通信」の中で「あなた」に話しかけている。

本章では、この「カセット・テープ」に吹き込まれた手紙「カンガルー通信」とは何かということを考えてみたいのだが、その前にもう一つ「カセット・テープ」に吹き込んだ手紙が重要な役割を持って登場する『1Q84』(二〇〇九年、二〇一〇年)を紹介しておきたい。

この作品には「ふかえり」という美少女作家が登場、彼女の『空気さなぎ』という小説が新人文学賞を受け、ベストセラーとなることが記されている。

その「ふかえり」が男主人公の「天吾」にカセット・テープに吹き込んだ手紙を送ってくる。再生してみると「テンゴさん」と言った後「てがみをかけるといいんだけどにがてなのでテープにふきこむ」と「ふかえり」は語り出している。

書いた言葉ではなく、話し言葉に対する村上春樹のこだわりが、この「ふかえり」という美少女作家の在り方にも記されているのだ。まず「ふかえり」はディスレクシア（読字障害）を持っていて、本は文字で読まずに、声を通して理解してきた人間だと説明されている。

新人文学賞を受けた『空気さなぎ』という作品も、「ふかえり」が語ったものを、「ふかえり」の育ての親である戎野隆之の実の娘「アザミ」が書き取ったものという一風変わった設定となっている。「天吾」に送られてきたカセット・テープに吹き込んだ「ふかえり」の手紙も、その「アザミ」が郵送してきたものである。

▽『平家物語』の「壇ノ浦の合戦」

カセット・テープに録音された「ふかえり」の手紙が送られてくる前には、こんな場面もあった。「天吾」が自宅・アパートで「ホンをよんでほしい」と「ふかえり」に頼まれて、先週読み終えたばかりであるアントン・チェーホフの『サハリン島』を読むところである。

「ふかえり」は『サハリン島』の中に登場する「ギリヤーク人」に興味を抱いたらしく、その時も「もっとギリヤークじんのことをしりたい」と話しているし、その後、彼女から送られてきたカセット・テープでは「ギリヤークじんについてアザミにしらべてもらった。アザミはとしょかんにいってしらべた。ギリヤークじんはサハリンにすんでいてアイヌやアメリカ・インディアンとおなじでジをもたない。キロクものこさない。わたしもおなじ。いったんジになるとそれはわたしのはなしではなくなる」と語っている。

この「ふかえり」という美少女作家の在り方に、「文字」で書く言葉ではなく、「語る」言葉を重視する村上春樹の考え方がよく表れている。

さらに、「天吾」から『サハリン島』を読んでもらう直前には「ふかえり」が最も好きな小説である『平家物語』の「壇ノ浦の合戦」の安徳天皇入水の場面を「天吾」に対して朗々と暗誦してみせるところがある。

その場面は数ページにもわたって描かれているし、「目を閉じて彼女の語る物語を聞いていると、まさに盲目の琵琶法師の語りに耳を傾けているような趣があった。『平家物語』がもともとは口承の叙事詩であったことに、天吾はあらためて気づかされた」と村上春樹は書いている。

▽「ふかえり」と「そとおり」

「ふかえり」が物語を語り、別な女の子がそれを文章にしたのは「成立過程としては『古事記』とか『平家物語』といった口承文学と同じだ」という「天吾」の考えも記されているが、単に「天吾」の認識が示されているだけではなく、「ふかえり」という美少女作家には『古事記』や『日本書紀』などに繋がるイメージも託されていると思う。

「ふかえり」の本名は「深田絵里子」で、深キョン（深田恭子）、サトエリ（佐藤江梨子）を合わせたような感じもあるが、古代まで遡って考えると、『古事記』や『日本書紀』に出てくる「衣通姫」と対応した命名ではないかと思う。つまり「ふかえり」は「そとおり」ではないかと思うのだ。

「ふかえり」は美少女作家だが、「衣通姫」のほうも古代を代表する美女。『古事記』によると允恭天皇の後継者・軽太子は実妹の軽大郎女（衣通姫）と道ならぬ恋となり、四国・伊予の道後温泉に追放されてしまう。

「天飛ぶ鳥も使そ鶴が音の聞えむ時は我が名問はさね」（空を飛ぶ鳥も使者なのだ。鶴の声が聞こえたら、私の名を言って、私のことを尋ねておくれ）という歌などを残して、軽太子は追放されていくのだが、想いがつのる軽大郎女（衣通姫）が四国まで追いかけていって、そのまま二人で自害してしまうという話だ。

その軽大郎女は「美しい肌の色が衣を通して輝いた」ということから「衣通姫」と呼ばれる美女だが、新人文学賞の記者会見の場で撮られた、夏物のセーターを着ている「ふかえり」には「ある種の輝きがうかがえた」と『１Ｑ８４』にある。

さらに新人文学賞を受けた後、「ふかえり」は失踪して、天吾のアパートの部屋に潜んでいるのだが、『日本書紀』のほうの「そとおり」も身を隠す美しい姫だ。衣通姫伝説は『古事記』と『日本書紀』では異なっているが、天吾のアパートに身を隠している、その「ふかえり」の首筋の姿は「陽光をふんだんに受けて育った野菜のように艶やかに輝いている」とも書かれている。このように美少女作家「ふかえり」と日本の古代を代表する美女「そとおり」にはいくつかの対応性をもって、『１Ｑ８４』の中で描かれている。

日本人は外国の文字である漢字を輸入して、日本語を記述するようになるまでは、ギリヤーク人やアイヌと同じ無文字文化の民族だが、作家である「ふかえり」がディスレクシアという文字を読むことへの障害を持っていて、『平家物語』といった口承文学を好み、「天吾」への手紙もカセット・テープに録音した声として送ってくるという行為の中に、古代日本の『古事記』の世界まで繋がる言葉に対する村上春樹の認識が示されていると言ってもいいのではないかと思う。

▽草原の向うから跳んでくる

そんな考えを村上春樹は小説を書き始めた初期からずっと抱き続けてきたことが「カンガルー通信」という短編によく表れている。

「カンガルー通信」の「僕」は何度も、その苦情に返事を書こうとしていたが、浮かんでくるのは見当違いな言葉ばかり。不完全な手紙を出すくらいなら、出さない方がマシと思っていたが、カンガルーを見て、啓示を受けたのだ。

「動物」はまさに「動く物」で、可動的な存在。カセットに吹き込まれた手紙は「広い草原の向うから、カンガルーがおなかの袋に郵便を詰めて跳んでくるようじゃありませんか」というもの。話し言葉も可動的な言語なのだ。

このように、文字で書かれた手紙は駄目で、カセットに吹き込んだ手紙のほうがいい。そこに村上春樹の言葉や社会に対する考えが表明されているのだ。近代社会というものは一つのシステムで統一的効率的に作り上げられている。それは個々の動きを許さない固定された社会。村上春樹作品には、この固定されて動きづらい社会に対して、各個人が本来的に持つ可動的な力を通して、揺り動かしていこうという意志が一貫してある。

完全だが固定されて動きのない書き言葉ではなく、不完全だが動きに満ちたカンガルーのような話し言葉の力によって、物語を動かしていきたいという意志が村上春樹の作品から伝わってくるのだ。

▽べらべらしゃべる小説

苦情を寄せた女性の手紙は「実に魅力的なもの」。その理由は「文章の中にあなたがいないからです」というもの。ここには「自分の内面を自己表現する」ということへの村上春樹の「強い否」の気持ちが示されている。

人の内面をのぞき込めば、言葉の動きは止まり、それを無理に語れば嘘が多くなる。ぴょんぴょん動き回るカンガルーには内面などは問題ではないし、べらべらしゃべる小説には「あなたがいない」。カンガルーはそんな可動性と内面を自己表現しないことの象徴なのだろう。

カエル

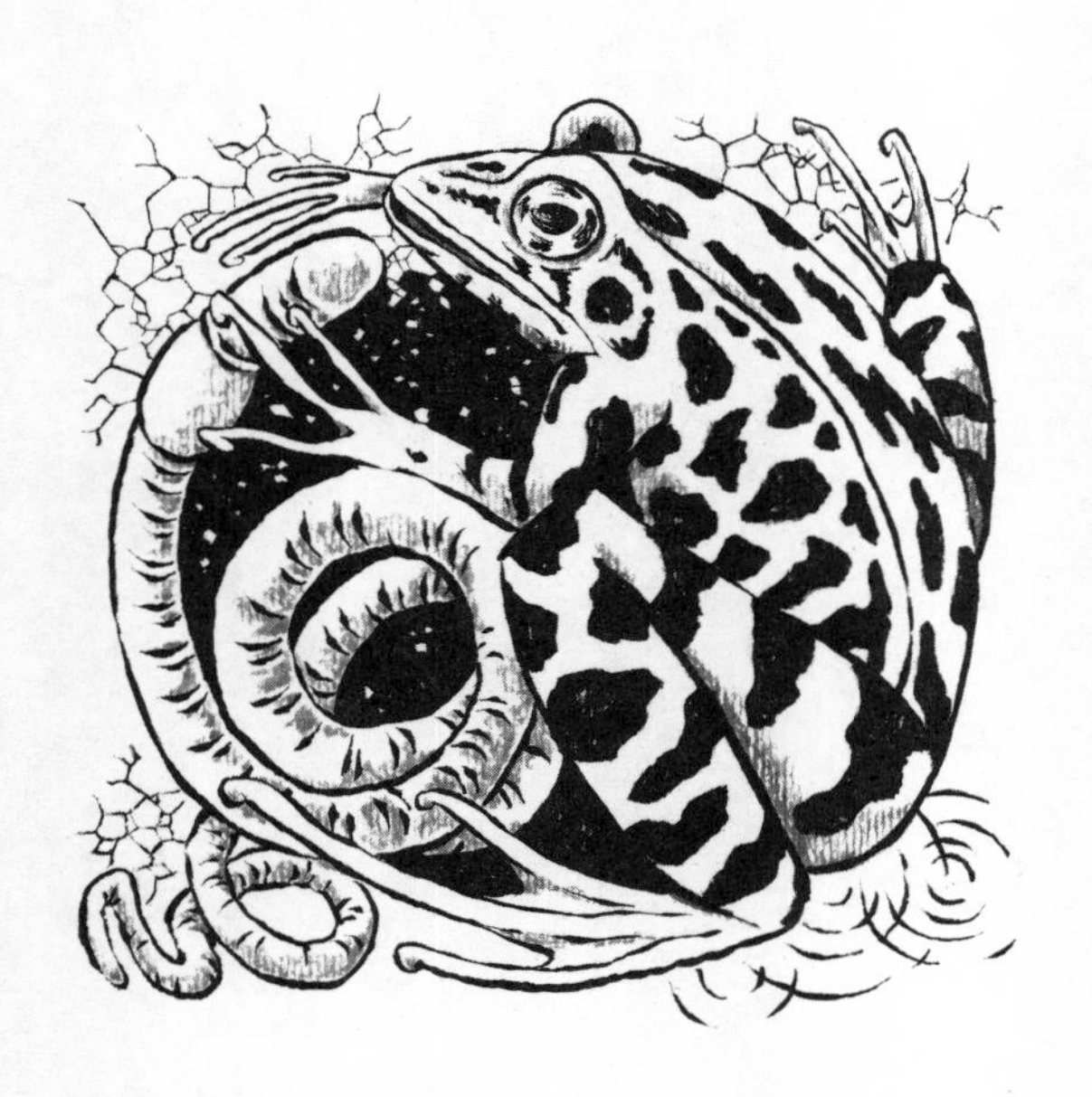

第八章　ブーメラン的な自己解体
――カエル

『風の歌を聴け』（一九七九年）の中に、友人の「鼠」が昔、女の子と奈良に行った日のことを「僕」に話す場面がある。

「鼠」たちが、夏草がきれいに生え揃ったなだらかな斜面に腰を下ろして、気持ちの良い風に吹かれていると、向こう側に昔の天皇の大きな古墳が見える。

　黙って古墳を眺め、水面を渡る風に耳を澄ませている時に、「鼠」は蟬や蛙や蜘蛛や風、みんなが一体になっている宇宙の流れを感じる。そして「鼠」は「文章を書くたびにね、俺はその夏の午後と木の生い繁った古墳を思い出すんだ。そしてこう思う。蟬や蛙や蜘蛛や、そして夏草や風のために何かが書けたらどんなに素敵だろうってね」と「僕」に話すのだ。

　デビュー作のタイトルに繋がる場面だが、そこに「蛙」のことが出てくる。

▽大きな地震を未然に防ぐ

　その「カエル」が大活躍する小説が、阪神大震災を統一テーマにした連作短編集『神の子どもたちはみな踊る』（二〇〇〇年）に収録された「かえるくん、東京を救う」だ。

「かえるくん、東京を救う」は信用金庫の新宿支店に勤務する「片桐」がアパートの部屋に戻るところから始まる。アパートに帰ると、巨大な蛙が待っていた。二本の後ろ脚で立ちあがった背丈は二メートル以上ある蛙だ。「片桐」のほうは身長一メートル六〇センチしかなく、やせっぽちでまったく風采の上がらない男なのだ。

その大きな「かえるくん」が、三日後に起きる地震を防ぐため力を貸してくれと「片桐」に頼む。「とてもとても大きな地震です。地震は2月18日の朝の8時半頃に東京を襲うことになっています」と言うのだ。

東京を襲う地震は地下五十メートルにすむ巨大な「みみずくん」の中で長く蓄積された憎しみの力によって起きると「かえるくん」は言う。「片桐」の勤務する東京安全信用金庫新宿支店の地下ボイラー室が巨大な「みみずくん」のすむ地下への「入り口」だと「かえるくん」は言う。そこから縄梯子（ばしご）をつかって五十メートルばかり降りると「みみずくん」がいる場所にたどり着ける。だから二人は地震前日の真夜中にボイラー室で待ち合わせて、その地下五十メートルに降り、「みみずくん」と闘うというのが、「かえるくん」の計画だ。

これは『ねじまき鳥クロニクル』（一九九四年、一九九五年）の「僕」が元「宮脇さん」の家だった、空き家の深い空井戸に縄梯子を使って降りていき、この井戸を〝壁抜け〟のように通過して別の世界に出て、その異界の世界で闘う場面とよく似た設定だとも言える。

そうやって「かえるくん」は「片桐」の協力を得て、巨大な「みみずくん」と引き分けに持ち込み「とてもとても大きな地震」の襲来を未然に防ぐのである。

▽一貫したエネルギー観

このように「かえるくん」は地下五十メートルの闇の中で闘うのだが、闇の世界は「みみずくん」に有利で、「かえるくん」に不利だ。そこで、「片桐」は運び込んだ足踏みの発電器を用いて、その場所に力のかぎり明るい光をそそいでいる。

『世界の終りとハードボイルド・ワンダーランド』（一九八五年）や『ねじまき鳥クロニクル』に出てくる発電所が、いずれも風力発電所であり、この「かえるくん、東京を救う」の発電が「足踏みの発電器」であることから、村上春樹の一貫したエネルギー観が伝わってくる。

だが、この作品を理解する上での難関は、物語の最後に、地震の原因である「みみずくん」のほうではなく、地震を未然に防いだ「かえるくん」の体のほうが、体中が醜い瘤だらけとなり、その瘤がはじけ、皮膚が飛び散り、悪臭だけの存在となり、そこからさらに蛆虫のようなものがうじゃうじゃと出てきて、もぞもぞと不気味な音を立てながら部屋中に拡がっていくことである。それらの小さな虫が無数の蛆虫やみみずのようなものとなり、蛍光灯やスタンドを覆い、明かりを遮断して、さらに「片桐」の体の中に侵入しようとするのだ……。

作品の最後に描かれる、地震を未然に防いだ「かえるくん」の体の崩壊とは、いったい何を表しているのだろう。

▽相手に問い、自分に問う

巨大な「みみずくん」との闘いを引き分けに持ち込んで「とてもとても大きな地震」の襲来を未然に防いだ「かえるくん」は「片桐」にこう言う。

「ぼくは純粋なかえるくんですが、それと同時にぼくは非かえるくんの世界を表象するものでもあるんです」「目に見えるものが本当のものとはかぎりません。ぼくの敵はぼく自身の中のぼくでもあります。ぼく自身の中には非ぼくがいます」

これは初期作品から貫かれる村上春樹独特の「ブーメラン的思考」で書いている部分なのだと、私は思う。

つまり、問題を相手に対して問うだけではなく、その問題を自分にも問う。ブーメランのようにぐるっと回って、常に自分の問題として考えるという村上春樹独特の思考法だ。

相手に向かって投げた問題が、ぐるっと回って、自分に問われる。「向こう側」に問うと同時に「こちら側」に問うのだ。村上春樹の小説は、そのほとんどが、このような形をしている。

「かえるくん」は闘う相手である「みみずくん」を打ち破るのではなく、自分の中にある、地震を起こすような何か、大きな災いを起こすようなものを打ち破らなくてはならないのだ。そのように問題はブーメランのように一回りして、自分のところにやってくるのである。

▽自分の組成を組み換える

何かを阻止したり、世界を新しく再編成したりしていくには、自分の中にある、それに関わる部分を再編成しなくては、ほんとうの意味での新しい世界は生まれないと村上春樹は考えているのだと思う。

〈相手を打ち破り、抹殺することで、新しい世界が出来上がる〉――そのように人間は考えがちだが、それでは相手と同じものが別の形で出現したことに変わりないのだ。

ほんとうに新しい世界ができるには、自分の中の組成が新しく組み換えられなくては、ほんとうの意味での再編成はできないのではないか。おそらく村上春樹はそう考えていて、独特の「ブーメラン的思考」を展開しているのだろう。この「かえるくん、東京を救う」の「かえるくん」の自己解体の場面に、そのブーメラン的な自己解体が、象徴的に表れている。

村上春樹が、吉行淳之介、小島信夫、安岡章太郎といった「第三の新人」と呼ばれる作家たちを中心に論じた『若い読者のための短編小説案内』（一九九七年）がある。その文庫版には「僕にとっての短編小説――文庫本のための序文」が付いているが、この中で『神の子どもたちはみな踊る』について触れ、「かえるくん、東京を救う」の存在意義が、時間がたつにつれて、「この短編集の中で確実に重くなってきたようです」と村上春樹は書いている。

犬

第九章　人の命ずるままに動く
——犬（その1）

『風の歌を聴け』（一九七九年）の「僕」が文章についての多くを、いやほとんど全部を学んだというべきかもしれない、デレク・ハートフィールドという米国作家がいる。どうも架空の作家のようだが、彼は実に多くのものを憎んだ。憎んだものを挙げれば「郵便局、ハイスクール、出版社、人参、女、犬、……数え上げればキリがない」とある。だが「しかし彼が好んだものは三つしかない。銃と猫と母親の焼いたクッキーである」と記されている。

「猫」を好む村上春樹については、本書でも紹介したが、ペットとして「猫」と並ぶ「犬」については、このように「僕」にとって大切な作家が憎んだものの一つとして挙げられているのだ。

その憎むべき代表格の「犬」について紹介すれば、『海辺のカフカ』（二〇〇二年）の中で、猫探しをしている「ナカタさん」を猫殺しのジョニー・ウォーカーのところまで、先導する「犬」であろう。

▽「立ち上がってついてこい」

行方不明の「ゴマ」という名の猫探しを依頼された「ナカタさん」は、「猫」の集まる場所を訪ねるうちに、「猫」の「オオツカさん」「カワムラさん」や雌の「シャム猫」の「ミミさん」らと知り合う。でも「猫」が集まる空き地に、猫とり男が出没するようになって、そいつが「ゴマちゃん」を連れていったのでは……という推測を「ミミさん」から教えてもらう。

その「ナカタさん」の前に、「犬」が現れる。「草むらのあいだから唐突に姿を見せた。のっそりと音もなく、彼は現れた。巨大な黒い犬だった」とある。「脚は長く毛は短く、筋肉が鋼となって盛り上がっている。耳が刃物の先端のように鋭く尖り、首輪はつけてない。ナカタさんは犬の種類をよく知らない。しかしそれが獰猛な――少なくとも必要に応じて獰猛になり得る――性格の犬であることは一目でわかった。軍用犬として使われているような犬だ」

　この犬は「立ち上がるんだ」と「ナカタさん」に言う。座っていた「ナカタさん」は息を呑む。「犬がしゃべっている」からだ。しかし正確にいえば「犬」はしゃべってはいなかった。口もとは動いておらず、「犬は口をきく以外の何らかの方法で、メッセージをナカタさんに伝えているだけだった」。「犬」は「立ち上がってついてこい」と命令するのだ。

　その「犬は一度も後ろを振り返らなかった。振り向くまでもなく、足音でナカタさんがあとをついてくることがわかるのだろう。ナカタさんは犬の導くままに通りを歩いた」「犬は顔をあげ、まっすぐに前方を見据えながら威圧的に歩を運んだ。前からやって来る人々はみんな、そのいかにも暴力的な巨大な黒い犬の姿を見て、あわてて道を避けた」とある。

　こうやって、静かな住宅地の一角にある一軒に「犬」は入っていき、玄関から、さらにそのまま屋内へ入り、板張りの廊下を歩いて、応接室だか書斎のようなところに「ナカタさん」を導くのだ。

▽威圧的にも、獰猛にもなる

　そこには、黒いシルクハットをかぶった、長身の〈猫とり男〉、猫殺しの「ジョニー・ウォーカー」が待っていた。

「ジョニー・ウォーカー」が、ステッキで二度長靴をたたくと、それを合図に「犬」は身を起こし、「ナカタさん」を台所に導く。大きな冷蔵庫の前で「左側の扉を開けるんだ」と「犬」が言うので、「ナカタさん」が開けると、切り取られた「猫」の頭が二十くらい並んでいる。そして「よく見ろ」「その中にゴマがいるかどうか、自分の目でたしかめるんだ」と言うのだ。この残忍な場面を苦手だという読者も多いが、ともかくたいへんなショックを与える場面である。その場所へ導く動物が「犬」なのだ。

さらに「ジョニー・ウォーカー」は「ナカタさん」の前で、「カワムラさん」らの「猫」を次々にメスやのこぎりで切っていく……。ついに「ナカタさん」は「ジョニー・ウォーカー」の胸にナイフを突き立て、「ミミ」や「ゴマ」を助けるのだ。このように『海辺のカフカ』の「犬」は人間の側(がわ)にいて、人の命ずるままに動く動物の象徴としてある。必要に応じて、威圧的にも、獰猛にもなる動物として、存在している。

▽宇宙空間に出たライカ犬

「犬」が登場する小説で、もう一つ大切な作品は『スプートニクの恋人』（一九九九年）である。この小説の扉と本文の間には［スプートニク］と題されて次のような言葉が記されている。

「1957年10月4日、ソヴィエト連邦はカザフ共和国にあるバイコヌール宇宙基地から世界初の人工衛星スプートニク1号を打ち上げた。直径58センチ、重さ83・6kg、地球を96分12秒で一周した。

翌月3日にはライカ犬を乗せたスプートニク2号の打ち上げにも成功。宇宙空間に出た最初の動物となるが、衛星は回収されず、宇宙における生物研究の犠牲となった。(「クロニック世界全史」講談社より)」

「スプートニク」はロシア語で「道連れ」「伴侶」が原義で、そこから「付随するもの」「衛星」の意味となったようだが、この人工衛星「スプートニク2号」に載せられて、宇宙空間に出た最初の動物である「ライカ犬」から、長編『スプートニクの恋人』の名前が付けられているのである。

「権力の犬」という言葉はあっても、「権力の猫」という言葉はないように、「猫」は「人」の近くに生きていても、「権力」に付随して行動する動物ではない。

「スプートニク2号」に載せられた「ライカ犬」には、威圧的や暴力的、獰猛(どうもう)、残虐な感じはなく、むしろ静かで忍耐強いイメージがある。カプセルの中で閉じ込められて、やがて亡くなっていく「ライカ犬」の姿を考えると哀しみの感情もわいてくるが、それでもやはり人間に命じられて、それに忠実に従う動物という感覚は共通しているだろう。

米国に先駆けて軌道上に打ち上げられた人工衛星「スプートニク」は冷戦時代の敵対国・米国にショックを与え、宇宙開発競争の火ぶたを切ることになったわけだが、この宇宙空間に初めて出た「ライカ犬」の運命というものを考え、村上春樹作品の中に置いてみると、人間に付随する動物「犬」への思いを新たにするのだ。

犬

その2

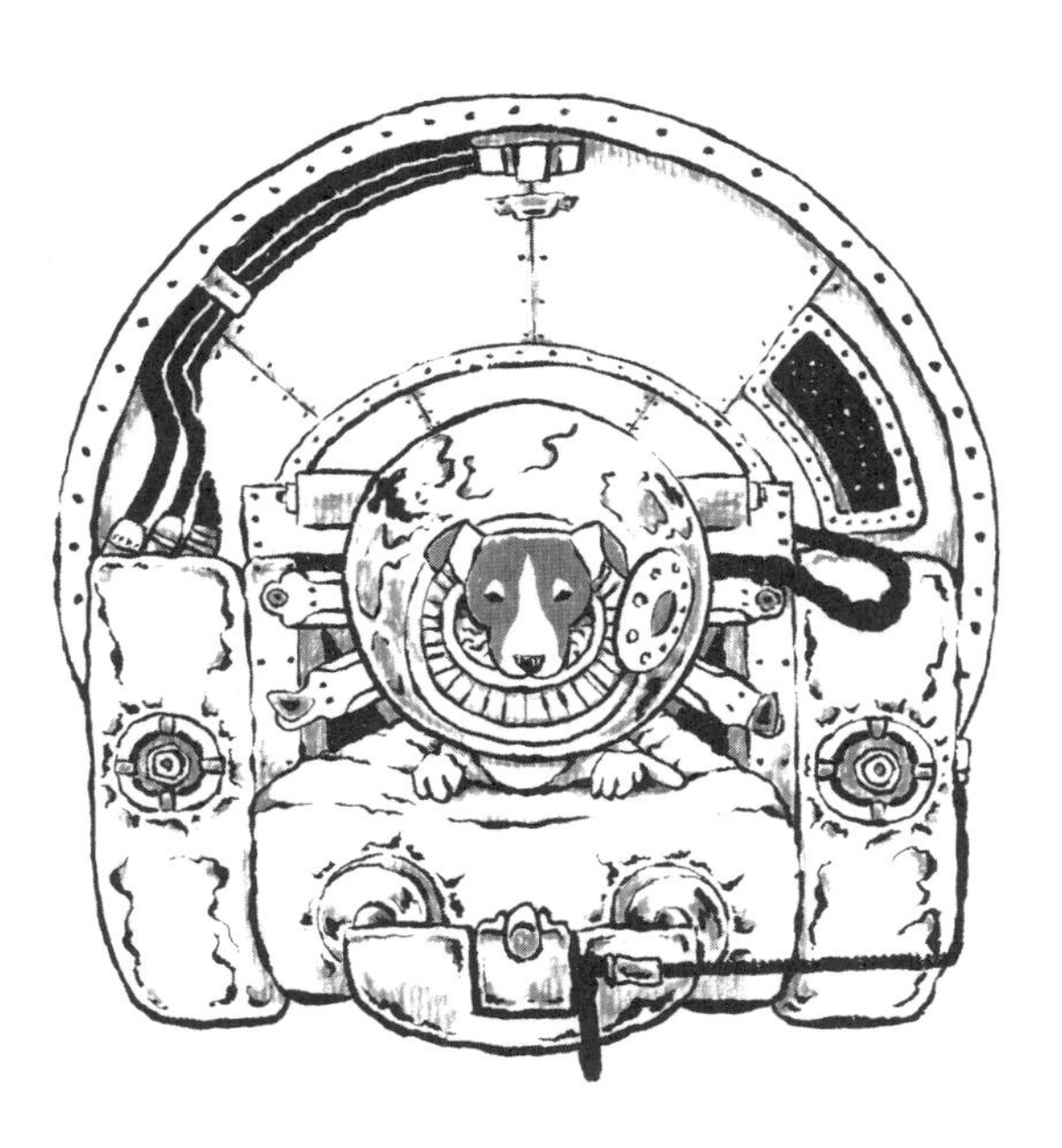

第十章　この世に戻ってくる呪術的な力
——犬（その2）

「猫」は独立独歩なのに、「犬」は人間に従属的。村上春樹作品に登場する、そんな「犬」を前章で記したが、そういう枠では捉えきれない「犬」を本章では紹介してみたい。

『風の歌を聴け』（一九七九年）には毎週、土曜の夜の七時から九時まで放送される「ポップス・テレフォン・リクエスト」というラジオ番組が出てくる。

この番組のディスクジョッキーから「僕」に電話がかかってきて、「僕」と話をする。「ところで君は幾つ?」とＤＪが聞くので、「21です」と「僕」は答えている。

その後、ＤＪと「僕」とに、こんなやりとりがある。「素敵な年だ。学生?」「はい」「何を専攻してる?」「生物学です」「ほう……動物は好き?」「ええ」

そして、ＤＪが「どんなところが?」と尋ねると「……笑わないところかな」と「僕」は答える。さらにＤＪが「ほう、動物は笑わない?」と言う。

これに対して「僕」は「犬や馬は少しは笑います」と答えている。「ほほう、どんな時に?」と聞くＤＪに、「楽しい時」と応じる。そして「僕」は何年かぶりに突然、腹が立ち始めたようで、「じゃあ……ムッ……犬の漫才師なんてのがいてもいいわけだ」と言うＤＪに「あなたがそうかもしれない」と「僕」は述べている。それに対してＤＪは「はっはっはっは」と応える。つまり「犬の漫才師」が笑っているのだ。

▽一度しか言わないから

「馬」が笑うように見えるのは哺乳類動物にある「フレーメン」という動作で、嗅覚器官を使って臭いを嗅いでいる状態。「犬」もリラックスすると「笑う」ような表情を見せる場合がある。「猫（その３）」の第十四章では「笑う猫」も紹介したいが、でもこの「犬の漫才師」とのやりとりで紹介したいのは「犬」が少し笑うかどうかではなく、前章で紹介したような、人間の命令に従う、獰猛な、あるいは従順な「犬」だけを村上春樹が小説の中で書いているわけではないということである。

「犬の漫才師」は『風の歌を聴け』の終盤にも登場。そのＤＪが、病院で入院三年という十七歳の女性聴取者からの手紙を紹介する場面がある。

脊椎の病気だという彼女は「この三年間本も読めず、テレビを見ることもできず、散歩もできず、……それどころかベッドに起き上がることも、寝返りを打つことさえできずに」きたという人。その手紙も付き添ってくれているお姉さんに書いてもらっている。

「私がこの三年間にベッドの上で学んだことは、どんなに惨めなことからでも人は何かを学べるし、だからこそ少しずつでも生き続けることができるのだということです」と彼女は述べているし、手紙の最後に「病院の窓からは港が見えます。毎朝私はベッドから起き上って港まで歩き、海の香りを胸いっぱいに吸いこめたら……と想像します。もし、たった一度でもいいからそうすることができたとしたら、世の中が何故こんな風に成り立っているのかわかるかもしれない。そんな気がします」と書いている。

この手紙を受け取った、ＤＪは、夕方仕事が終わると港まで歩き、山の方を眺める。その風景のいろいろな灯りの中に、手紙をくれた十七歳の少女の闘病する病室があると思うからだ。そして、そこにはいろいろな灯りがあった。貧しい家の灯り、大きな屋敷の灯り、ホテルの灯り、学校や会社の灯り……。「実にいろんな人がそれぞれに生きて」いることを感じて、急に涙が出てくる。「泣いたのは本当に久し振りだった」と記されている。それは少女に同情して泣いたのではない。「いろんな人がそれぞれに生きていた」ということを思って泣いたのだ。そしてＤＪは「一度しか言わないからよく聞いておいてくれよ」と前置きして、こう述べる。

「僕は・君たちが・好きだ。」

この言葉は前後の行を空けて、ゴチック体で記されている。個人的には、ここが『風の歌を聴け』の最高の場面ではないかと、私は思っている。生きる者、すべての者への村上春樹の愛がシンプルに、はっきりと記されている。

「どんなに惨めなことからでも人は何かを学べるし、だからこそ少しずつでも生き続けることができる」。この文からは、近代日本の姿がどうように惨めであっても、世界を作り直し、新しい価値を創造していきたいという村上春樹の決意のような思いが感じられる。

「ベッドから起き上って港まで歩き、海の香りを胸いっぱいに吸いこめたら」「世の中が何故こんな風に成り立っているのかわかるかもしれない」と思う少女。手紙を受け取って、港まで歩き、山の方を眺めて、涙し、「僕は・君たちが・好きだ。」と思うＤＪの姿に、村上春樹作品を貫く、「海」の力、「海」の「再生」の力を感じることができる。

この手紙を読んだ後、少女のリクエスト曲、エルヴィス・プレスリーの「グッド・ラック・チャーム」をかけたＤＪは「またいつもみたいな犬の漫才師」に戻る。

▽ひからびた骨と新しい血

なかなか素敵なデビュー作『風の歌を聴け』の「犬の漫才師」だが、「犬」が現実に飼われている動物の登場として印象深いのは『スプートニクの恋人』（一九九九年）だ。

この作品には三つの犬が登場する。まず一つは前章で紹介したソ連の人工衛星「スプートニク2号」に乗せられ宇宙で死んだライカ犬だ。そしてもう一つは次のような犬である。

『スプートニクの恋人』は、小学校の教諭をしている「ぼく」の好きな「すみれ」という女性がギリシャの小島で、突然、行方不明となってしまう物語。「すみれ」は職業的作家になることを決意して、苦闘している女性だが、その「すみれ」に対して、小説にとっての呪術的な力について「ぼく」が語るところがある。

「昔の中国の都市には、高い城壁がはりめぐらされていて、城壁にはいくつかの大きな立派な門があった」。その「門は重要な意味を持つものとして考えられていた」「そこには街の魂のようなものが宿っていると信じられていたんだ」と「ぼく」は語り出す。

「人々は荷馬車を引いて古戦場に行き、そこに散らばったり埋もれたりしている白骨を集められるだけ集めてきた。歴史のある国だから古戦場には不自由しない。そして町の入り口に、それらの骨を塗り込んだとても大きな門を作った。慰霊をすることによって、死んだ戦士たちが自分たちの町をまもってくれるように望んだからだ。でもね、それだけじゃ足りないんだ。門が出来上がると、彼らは生きている犬を何匹か連れてきて、その喉を短剣で切った。そしてそのまだ温かい血を門にかけた。ひからびた骨と新しい血が混じりあい、そこではじめて古い魂は呪術的な力を身につけることになる。そう考えたんだ」

▽小説を書くのもそれに似ている

そのように述べ、さらに「ぼく」は話す。

「小説を書くのも、それに似ている。骨をいっぱい集めてきてどんな立派な門を作っても、それだけでは生きた小説にはならない。物語というのはある意味では、この世のものではないんだ。本当の物語にはこっち側とあっち側を結びつけるための、呪術的な洗礼が必要とされる」

これを聞いた「すみれ」が「つまり、わたしもどこかから自前の犬を一匹見つけてこなくちゃいけない、ということ?」と言う。「ぼく」も肯いている。さらに「すみれ」が「できたら動物は殺したくないな」と話すと、「ぼく」は「もちろん比喩的な意味でだよ」「ほんとに犬を殺すわけじゃない」と言っている。

これは村上春樹が「本当の物語にはこっち側とあっち側を結びつけるための、呪術的な洗礼」が必要だと、自分の小説に対する考え方を述べている部分である。

▽強力な爆弾をしかけられて

たとえば、『1Q84』(二〇〇九年、二〇一〇年)の「BOOK1」の最後にも「犬」が血なまぐさく殺される場面が出てくる。『1Q84』の女主人公「青豆」に「リーダー」の殺害を依頼する老婦人が持つ施設の門近くに雌のドイツ・シェパードの「ブン」という名の番犬が飼われている。「ブン」は「なぜか生のほうれん草を好んで食べる」という変わった「犬」だが、その「ブン」がある日、腹の中に強力な爆弾をしかけられて、それが爆発したかのように、ばらばらになって、肉片が四方八方に飛び散って死んでいた。そして「BOOK2」の冒頭も、その「ブン」の「血なまぐさい」死の話で始まっている。

そこから「青豆」とカルト宗教集団の「リーダー」との対決へと物語が大きく動いていく。つまり『１Ｑ８４』の「ＢＯＯＫ１」と「ＢＯＯＫ２」とが、殺された「犬の血」がつないでいるとも言える物語となっているのだ。ここにも「こっち側とあっち側を結びつけるための、呪術的な洗礼」のようなものを感じる。

▽煙みたいに消えて

そして『スプートニクの恋人』での三つ目は次のような「犬」である。「すみれ」が失踪した時、学校が夏休み中だったので、「ぼく」はギリシャに彼女を探しに行く。でも結局、すみれは「煙のように消えてしまった」ままで、行方もわからなかった。

帰国し、新学期が始まった九月の二度目の日曜日、「ぼく」に「ガールフレンド」から電話がかかってくる。彼女は「ぼく」の受け持ちの生徒の母親だ。その生徒「仁村晋一」はクラスで「にんじん」と呼ばれていた。この「にんじん」が立川のスーパーで万引きをして警備員に捕まったので、身元引き受けのために一緒に行ってほしいというのだ。

身柄を引き受けた後、「ぼく」は「にんじん」と二人だけで話したいからと「ガールフレンド」に告げて、「にんじん」と喫茶店に入る。

そこで「ぼく」は夏休み中のことを「にんじん」に話す。「友だちがギリシャのある小さな島でゆくえがわからなくなってしまって、探しに行ったんだ。でも残念ながら見つからなかった。ただ静かに消えてしまった。煙みたいに」と言う。さらに「ぼくはその友だちのことが好きだった。とても好きだった」「その友だちがいなくなってしまったら、ぼくにはもう誰も友だちがいないんだ。ただの一人もいない」と話すのだ。

そして紹介したい『スプートニクの恋人』の三つの「犬」のことが語られる。「ぼく」が小学生時代のことだ。

「ぼくの家には犬が一匹いて、家族の中でその犬のことだけはすごく好きだったよ。雑種だったけれど、とても頭の良い犬でね、一度何かを教えれば、いつまでも覚えていた。毎日散歩に連れていって、二人で公園に行って、ベンチに座っていろんな話をした。ぼくらは気持ちを伝えあうことができた。それが子供時代のぼくにとっていちばん楽しい時間だった。でもその犬は、ぼくが小学校5年生のときに、家の近くでトラックにはねられて死んでしまった。それからあとは犬はもう飼ってもらえなかった」

そのように「気持ちを伝えあう」ことができた「犬」のことが語られているのである。

▽ものすごくさびしいことなんだ

「犬」が死んだ後、「ぼく」は部屋に一人でこもって本ばかり読むようになり、まわりの世界よりは、本の中の世界のほうがずっと生き生きとしたものに感じられ、「本や音楽がぼくのいちばん大事な友だちになった」という。そして「一人で考えて、結論を出して、一人で行動した。でもとくにさびしいとも思わなかった」「人間というのは、結局のところ一人で生きていくしかないものなんだって」と思っていたのだ。

でも大学生の時に「ぼく」はその「友だち」と出会って、それからは少し違う考え方をするようになった。「長いあいだ一人でものを考えていると、結局のところ一人ぶんの考え方しかできなくなるんだということが、ぼくにもわかってきた。ひとりぼっちであるというのは、ときとして、ものすごくさびしいことなんだっ

て思うようになった」という。そして、その「友だち」がギリシャで煙のように消えてしまったのだ……。

この「ぼく」が「にんじん」に話す「気持ちを伝えあう」ことができた「犬」と、人工衛星「スプートニク2号」の「ライカ犬」との関係を指摘したのは文芸評論家の加藤典洋だ。宇宙空間で死んだライカ犬と、家の近くでトラックにはねられて死んだ「犬」。つまり、天上の「犬」の死と、地上の「犬」の死の関係である。

▽地下鉄サリン事件

オウム真理教信者たちによる地下鉄サリン事件の被害者らへのインタビュー集『アンダーグラウンド』を一九九七年三月二十日、つまり同事件から二年後の日に村上春樹は刊行しているが、『スプートニクの恋人』は一九九五年に起きた、この地下鉄サリン事件の四年後に刊行された長編小説だった。

同事件が起きるまで、テレビでも超能力や心霊現象などオカルト的な番組がかなり放送されていたが、事件を契機に、この世から超越していくような社会の動きは急速に力を失っていった。だがオカルト的な意味ではないが、日常を離れて、自分の姿を考えていくことは小説にとって、とても大切なことである。「物語というのはある意味では、この世のものではない」からだ。

地下鉄サリン事件を起こしたオウム真理教の信者たちはどこが間違っていたのか。日常へ戻ってくる回路を持たない彼らの物語と異なる、目指すべき物語はどのような形をしているのか。「彼方」を目指す意思と、しっかり「地上」にとどまることとの関係はどのようにあるのか。

その超越的なものからの遠ざかりではなく、

別の形で超越的なものとの回路を作り出すことの大切さとしてある物語の『スプートニクの恋人』を加藤典洋が指摘した。この物語の中で、地上から下へ伸びる根菜としての「にんじん」が果たしている役割、つまり彼方に超越するものを、この世に繫ぎとめる「にんじん」の役割について言及したのだ。

▽手を握ったまま

喫茶店を出た「ぼく」は「にんじん」の家まで並んで歩く。「ぼく」が手を差し出すと、「にんじん」はそっとその手をとった。「ぼく」は手のひらの中に「にんじん」の小さなほっそりとした手の感触を感じる。「それはずっと昔にどこかで――どこだろう――経験したことのある感触だった。ぼくはその手を握ったまま、彼の家まで歩いた」とある。そんな感触の一つに「気持ちを伝えあう」ことができた「犬」との記憶と、その喪失による「さびしさ」があるだろう。

『スプートニクの恋人』は「22歳の春にすみれは生まれて初めて恋に落ちた。広大な平原をまっすぐ突き進む竜巻のような激しい恋だった」と書き出されている。「ぼく」が恋する「すみれ」が恋に落ちた相手は彼女より17歳年上で、結婚もしている、しかも女性だった。

また、これは「犬」ではなく「猫」のことだが、「すみれ」が小学校の二年生くらいの時に、飼っていた生後半年くらいの三毛猫が庭の大きな松の木の幹を一気に駆け上がり、そのまま降りてこなくなって「猫はそのまま消えてしまったの。まるで煙みたいに」と『スプートニクの恋人』に記されている。このことは第二章「象」でも少し紹介したが、これに似たような体験が村上春樹自身にあったようで、『猫を棄てる　父親について語るとき』（二〇二〇年）

の中にも書かれている。これらの「すみれ」の恋や「消えた猫」の話は超越的な彼方への欲望を示唆している。

▽惑星直列

そして物語の最後、「ギリシャ」で彼方へ消えてしまった「すみれ」から「僕」に電話がかかってくる。

「あなたと会わなくなってから、すごくよくわかったの。惑星が気をきかせてずらっと一列に並んでくれたみたいに明確にすらすらと理解できたの。わたしにはあなたが本当に必要なんだって。あなたはわたし自身であり、わたしはあなた自身なんだって。ねえ、わたしはどこかで――どこかわけのわからないところで――何かの喉を切ったんだと思う。包丁を研いで、石の心をもって。中国の門をつくるときのように、象徴的に。わたしの言うことと理解できてる？」

そう訊く「すみれ」に「できてると思う」と「ぼく」が答えると、「ここに迎えにきて」と「すみれ」は言うのだ。

ギリシャで消えてしまった「すみれ」はどういう道を辿って「僕」のところに帰還したのだろう。それは「にんじん」という少年の「さびしさ」と、「僕」が「気持ちを伝えあう」ことができた「犬」が死んだ「さびしさ」と、「ぼく」が恋する友だち「すみれ」が消えてしまった「さびしさ」が、惑星直列のように一列に並んだからだろう。

「教師」と「生徒」との関係ではなく、「さびしさ」を共有する人間として、しっかり手を繋ぐことができたからではないだろうか。「ぼく」が「にんじん」の母親との関係を断つことができるのも、「さびしさ」の深い自覚で繋がる力によるものではないだろうか。

この小説にとっての「中国の門をつくるとき のように、象徴的に」喉を切られて死んだ「犬」とは「気持ちを伝えあう」ことができた「犬」が家の近くでトラックにはねられて死んだ「さびしさ」への深い気づきではないかと、思う。

▽「父親」をめぐる物語

長い章となってしまったが、最後に加えておきたいことがある。この『スプートニクの恋人』を最初に読んだ時の驚きは「ぼく」と「にんじん」とのことだった。村上春樹作品に主人公と少年との、このような交わりを書いたものがなかったからだ。

そして、しばらくして『スプートニクの恋人』を再読した時の驚きは、主人公の職業が「教師」という、村上春樹の父親と同じ設定となっていることだった。『猫を棄てる 父親について語るとき』で書かれているが、村上春樹の父親は「阪神間にある、甲陽学院という中高一貫私立校で国語の教師」だった。

『スプートニクの恋人』の次の長編は『海辺のカフカ』(二〇〇二年)。この長編には「ナカタさん」という文字の読み書きができないが、「猫」と話せる初老の人物が登場する。

その「ナカタさん」が、読み書きができない人となってしまったのは、戦争中に国民学校の四年生の時、野外学習で山の森の中に入り、神経ガスのようなもので(人工のものか、天然に発生したものかなどはわからないが)、子どもたちがばたばたと倒れてしまった事件があったからだった。これは地下鉄サリン事件を想起させる。

「にんじん」も小学四年生だが、『海辺のカフカ』は十五歳の「僕」が、四国に渡り、自分の心の底に奥深く入って、冥界をめぐる物語。それは「僕」と「父親」、そして「母親」との関係を考える長編である。『１Ｑ８４』も「天吾」と「父親」をめぐる物語。この頃から、主人公と「父親」をめぐる村上春樹作品が多くなっている。

なお、加藤典洋の論考は『小説の未来』（二〇〇四年）に収められている。

虎

第十一章　タイガーをあなたの心に
――虎

長編『1Q84』（二〇〇九年、二〇一〇年）は、女主人公の「青豆」が首都高速道路をタクシーに乗って、移動している場面から始まっている。

だがタクシーがひどい渋滞に巻き込まれてしまう。これでは渋谷での予定に間に合わない。でもタクシーの運転手が「いささか強引な非常手段になりますが、ここから電車で渋谷まで行くことはできます」と話すので、「青豆」が耳を傾けると、「あまりおおっぴらには言えない方法ですが」「ほら、あの先に車を寄せるスペースがあるでしょう」と運転手は前方を指すのだ。

その「エッソの大きな看板が立っているあたり」に地上に降りるための非常階段があるというのである。

▽エッソの広告コピー

非常階段の対向車線を隔てたビルの屋上に大きなエッソ石油の広告看板があって、「にっこり笑った虎が給油ホースを手にしている」のが「青豆」にも見えた。こうやって、その首都高速三号線の緊急避難用階段を「青豆」が降りて、現実の「1984」年の世界とは、少しだけ時空がねじれた「1Q84」年の世界へと入っていく物語である。

どのように時空がねじれているのか。1Q84年では、空に月が二つ出ている世界だということが最も特徴的だが、もう一つ例を示してみよう。『1Q84』（BOOK2）の最終盤、

「青豆」が首都高速の同じ非常階段を使って、非常階段下の二四六号線に降りようとすると、非常階段が消えているのである。エッソの広告看板が「青豆」の目の前にあるので場所を間違えたのではない。1984年の世界では、非常階段がそこに存在していたのに、1Q84年の世界では非常階段はもう存在していないのだ。

その章には「タイガーをあなたの車に」というエッソの広告コピーが章題としてつけられているので、この「虎」が『1Q84』に重要な役割を果たしていることは間違いないだろう。

▽**左側の横顔を向けて**

「青豆」は女殺し屋で、1Q84年の世界では、カルト宗教集団のリーダーと「ホテル・オークラ」の部屋で対決して殺害。その後、高円寺南口に潜んでいたが、『1Q84』の「BOOK3」の最後では、小学校以来、ずっと心に愛を抱いていた「天吾」を見つけ出して、二十年ぶりに再会を果たした「天吾」と二人で、1Q84年の世界から脱出し、1984年の世界に戻ってくるという展開になっている。

でも、果たして「青豆」と「天吾」は元の1984年の世界に戻ったのだろうか。あるいは1984年でも、1Q84年でもない第三の世界に脱出したのだろうか……。読者にそんなことを考えさせる結末なのだが、そのことにも給油ホースを手にして、にっこり笑ったエッソの「虎」が関係している。

「BOOK3」では「青豆」は「天吾」と共に、今度は高速道路の非常階段を下から上にのぼってくる。

でも「そこで青豆ははっと気づく。何かが前とは違っていることに。何がどう違っているのか、しばらくわからない。彼女は目を細め、意識をひとつに集中する。それから思い当たる。

看板の虎は左側の横顔をこちらに向けている。しかし彼女が記憶している虎は、たしかに右側の横顔を世界に向けていた。虎の姿は反転している」のだ。

そして「彼女の顔が自動的に歪む。心臓が動悸を乱す。彼女の体内で何かが逆流していくような感覚がある」。でも「青豆」は、その疑念を自分の心の中だけにとどめ、口には出さずに、目を閉じて呼吸を整え、心臓の鼓動を元に戻し、雲が通り過ぎるのを待つのだ。

その場面で「青豆」はこんなことを思っている。

「ひょっとしてここはもうひとつの違う場所ではあるまいか。私たちはひとつの異なった世界からもうひとつ更に異なった、第三の世界に移動しただけではないのか。タイガーが右側ではなく左側の横顔をにこやかにこちらに向けている世界に。そしてそこでは新しい謎と新しいルールが、私たちを待ち受けているのではないのか？」

▽第三の世界

この言葉は長い長い物語に、更なる続編を予感させるものだが、全三巻の物語は再会した「青豆」と「天吾」が、赤坂のホテルの十七階の部屋で結ばれる場面で終わっている。

そして〈元の1984年の世界に戻ったのか。あるいは1984年でも、1Q84年でもない第三の世界に脱出したのか〉を問われれば、私は〈1984年でも、1Q84年でもない第三の世界に脱出した〉のだろうと考えている。

なぜなら、「青豆」は1Q84年の世界へ入る前の1984年の世界でも殺人を行っている。たとえば、親友だった「環」は夫のサディスティックな暴力に苦しんで自殺をしたのだが、そのDVの男である「環」の夫を「青豆」は殺害している。その後も、麻布の老婦人に依頼されて指定された男を殺害している。ともかく「環」のDV夫と、もう一人か二人ぐらいの男を1984年の世界で殺しているわけで、1Q84の世界から元の世界に戻ってきたとしても、1984年の世界では青豆は殺人容疑者なのである。そして1Q84の世界では「リーダー」と呼ばれる男も殺害している。

つまり、1Q84の世界にとどまっても、1984年の世界に戻ってきても、青豆は殺人の容疑者なのだ。しかも「青豆」は「天吾」の子だと、自らが確信する子を身ごもっている。これからの世界を「青豆」と「天吾」と二人の間の子が生きていく世界としては、第三の世界に脱出しないと、物語としてはさまざまな展開が難しいのではないだろうか。

▽移動する。ゆえに私はある

このように、私は思うが、ここで考えたいのは、続編があるかどうかではなく(私としては続編を読んでみたいが)なぜ、この全三巻で、いったん物語が終われるのかという問題である。このことに、まことに村上春樹らしい思いが託されていると感じる。

その私の思いを記す前に、「タイガーをあなたの車に」というエッソの「虎」とは何なのかということを考えてみたい。

『1Q84』の「BOOK1」の「青豆」が首都高速道路から非常階段を一人で降りていく場面で、「私は移動する。ゆえに私はある」と記された言葉がある。その言葉だけ記されて、改行されているのだが、この「私は移動する。ゆえに私はある」を象徴的に表している動物がエッソの「虎」なのだ。「タイガーをあなたの車に」とは「あなたの心にも虎の移動性を」という意味なのだと、私は思う。

『１Ｑ８４』の「ＢＯＯＫ３」の物語の最後、「我々は移動する」と天吾も思っている。それに対して「そう、私たちは移動する」と青豆は応えている。天吾もまた「タイガーをあなたの車に」の世界に入れる、移動する心を持った人間となったのだ。

▽「物語」の動いていく力

世界的に混乱が続く現代は、今、再編成期にある。混沌とした中に世界中がのみ込まれ、その方向性がわからなくなっている。

「再編成におけるいちばん深刻な問題は何かというと、それは整合性の欠如ですね。これまである種の整合性の枠内である程度明白にとらえられたものが、そうじゃなくなっている。混沌の中に呑み込まれていって方向がわからなくなっているわけです。その中で、これまでの方向感覚、座標軸ではとらえられなかったものを違う座標軸でとらえなくてはいけないんじゃないかということが出てくるわけです」

『海辺のカフカ』について、文芸評論家の湯川豊と、私がインタビューした際（二〇〇三年「文學界」四月号）にも、村上春樹はそう語っていた。

そして、今ある価値が無効となって混乱する世界が、新しい価値と倫理をもった世界として生まれ変わるには、全ての者が今ある場所から移動し、動きながら、新しい価値を生み出す心を持たなくてはいけない。自分の価値観を変えずに、他の者の価値観だけを変えていこうとするような世界観では、新しい価値と倫理を具（そな）えた世界は誕生しないのだ。その心の移動性を象徴する「青豆」と「虎」なのだろう。

さらに、みなが動きながら、新しい価値の創造を目指すには、みなに共通したものが必要だ。そのような世界に共通したものの一つは「神話」であり、もう一つは「物語」である。

村上春樹がデビューした頃は、自我の存在感のようなものが、小説の中で重視され、物語性が軽視されていた。その中で、物語性のある作品を書いていく村上春樹には批判もあったが、村上春樹は「物語の力」を信じて書き続けきた。物語性に富む多くの作品を通して、世界的に評価され、「物語」としての小説の価値や面白さを再認識させた村上春樹の功績も大きい。

そして、この「物語」というものは、本来的に動いていくものだ。つまり「青豆」と「虎」の移動性は「物語の移動性」という「物語の力」を象徴しているとも言えるだろう。

▽各個人に具わっている力

章の最後、前述したように、なぜ『1Q84』が「BOOK3」までで終われたのかということを少しだけ考え、述べておきたい。

「青豆」が、もしかしたら「第三の世界」に出たのではないかと思う、次のような場面がある。

「私たちは論理が力を持たない危険な場所に足を踏み入れ、厳しい試練をくぐり抜けて互いを見つけ出し、そこを抜け出したのだ。辿り着いたところが旧来の世界であれ、更なる新しい世界であれ、何を怯えることがあるだろう。新たな試練がそこにあるのなら、もう一度乗り越えればいい。それだけのことだ。少なくとも私たちはもう孤独ではない」

ここに今を生きる人間というものへの信頼がはっきりと記されている。

心を動かせて、移動していけば、未知のものにも出会う。この未知のものに驚き、恐怖に怯(おび)えてはならないのだ。でもその恐怖を乗り越えていく力が、各個人の人間本来の力の中に具わっている。

　どんな困難にぶつかっても、それを乗り越えていけるものを各人間が本来持っている。その人間というものへの深い信頼に、物語が至る場面で、『１Ｑ８４』という長い長編は終わっている。

　『１Ｑ８４』「ＢＯＯＫ３」の最後のページに「タイガーをあなたの車に、とエッソの虎は言う。彼は左側の横顔をこちらに向けている。でもどちら側でもいい。その大きな微笑みは自然で温かく、そしてまっすぐ青豆に向けられている。今はその微笑みを信じよう。それが大事なことだ。彼女は同じように微笑む。とても自然に、優しく」と記されている。そのような人間というものへの深い信頼で物語が終っている。

コオロギ

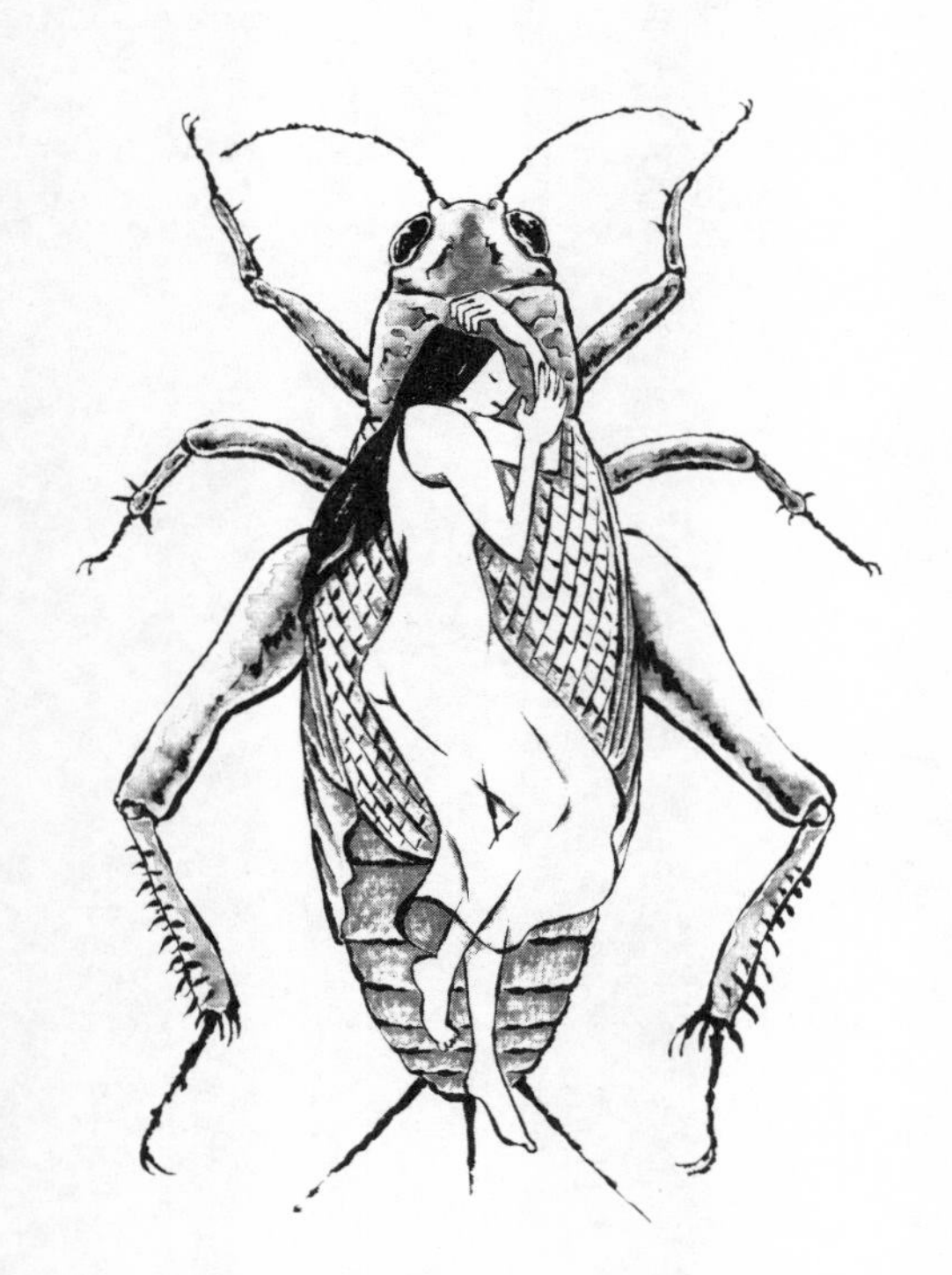

第十二章　人間は記憶を燃料にして生きていくものなんや
――コオロギ

村上春樹の長編『アフターダーク』（二〇〇四年）は、十九歳の主人公「マリ」が深夜の都会（渋谷のように思える）をさまよう物語である。

「マリ」は外国語大学で中国語を学ぶ学生。深夜の「デニーズ」で本を読んでいると、近くのラブホテルで、中国人の娼婦が日本人の客から暴行を受けて、犯人は逃走してしまうという事件が起きる。そして、中国語が話せる「マリ」が暴行の被害者である中国人娼婦の通訳を依頼されて、話が動き出すという小説だ。

その『アフターダーク』に、夜のラブホテルで働く「コオロギ」と呼ばれる女性が登場する。実は「マリ」には誰にも話したことのない悩みがあったのだが、それをなぜか「コオロギ」に話すのである。

「マリ」の悩みは、二つ年上の姉「エリ」が理由不明のまま二カ月も眠り続けていて、それが気になり、逆に「マリ」は不眠となってしまい、都会で一夜を独りすごしているのだ。そんな眠り姫のような姉と不眠の妹の物語である。姉「エリ」は中学の時から雑誌モデルやテレビ番組に出たりしていたが、眠り続ける彼女はモデルなどが本当の自分の生き方ではないことを心のどこかで感じているのだろう。「マリ」のほうは美人の姉とは対照的に、努力家でこつこつと自分の世界をつくっていくタイプである。

▽きっと思い出せるはずや

その「マリ」は「正直言って、姉のことはよく知らないんです」と「コオロギ」に話す。「同じ家に住んでいても、姉は姉で忙しかったし、私は私で忙しかったたし、姉妹で心を開いてじっくり話し合うみたいなことはありませんでした。仲が悪いとか、そういうんじゃないんです。大きくなってからは喧嘩ひとつしたことありません。ただ私たちは、長いあいだそれぞれにずいぶん違う生活を送ってきたから……」と語るのだ。

「コオロギ」は事情があって「ある方面」から逃げて、このラブホテルに潜み、働いているのだが、「マリ」の相談に対して、自分の体験を話す。

「私はね、よく昔のことを考えるの。こうして日本中逃げ回るようになってからは、とくにね。それでね、一生懸命思い出そうと努力してると、いろんな記憶がけっこうありありとよみがえってくるもんやねん。ずっと長いあいだ忘れてたことが、なんかの拍子にぱっと思い出せたりするわけ。それはね、なかなか面白いんよ。人間の記憶ゆうのはほんまにけったいなもので、役にも立たんような、しょうもないことを、引き出しにいっぱい詰め込んでいるものなんよ」

そして、この『アフターダーク』の中で、最も印象的な言葉を述べる。「それで思うんやけどね、人間ゆうのは、記憶を燃料にして生きていくものなんやないのかな」

その考えに基づいて、「コオロギ」は「マリ」に次のようアドバイスをしている。

「マリちゃんは、今のお姉さんとはあんまりしっくりといってないみたいやけどね、そうやないときもあったと思うんよ。あんたがお姉さんに対してほんとに親しい、ぴたっとした感じを持てた瞬間のことを思い出しなさい。今すぐには無理かもしれんけど、努力したらきっと思い出せるはずや」

▽関西弁で話す

その「コオロギ」の言葉から受け取ったものにより、「マリ」と「エリ」の関係は回復していくのだが、それについて記す前に、重要な点を一つ述べておきたい。それは「コオロギ」が一貫して関西弁で話していることである。『村上春樹の動物誌』というテーマからは少し逸脱するかもしれないが、その関西弁と村上春樹の関係について紹介しておきたい。

関西生まれ、関西育ちである村上春樹はデビュー以来、首都圏で使われる、いわゆる標準語と呼ばれる東京弁で多くの小説を書いてきた。その村上春樹作品への、ある時期からの関西弁の登場に深く気づかされたのは、二〇一九年夏、北海道大学で開かれた村上春樹国際シンポジウム（主催は台湾の淡江大学村上春樹研究センター）で聴いた、言語学者・日本語学者である大阪大学教授の金水敏による「村上春樹と方言について」という講演だ。

『村上朝日堂の逆襲』（一九八六年）の「関西弁について」というエッセーによると「僕は関西生まれの関西育ちである。父親は京都の坊主の息子で母親は船場の商家の娘だから、まず百パーセントの関西種と言ってもいいだろう。だから当然のことながら関西弁をつかって暮らしてきた。それ以外の言語はいわば異端であって、標準語を使う人間にロクなのはいないというかなりナショナリスティックな教育を受けてきた。ピッチャーは村山、食事は薄味、大学は京大、鰻はまむしの世界である」という中を生きてきたという。

▽一週間のうちに標準語

阪神タイガースファン以外の若い読者には、

もしかしたら「ピッチャーは村山」の部分が少しわかりにくくなっているかもしれないが、村山実は巨人の長嶋茂雄、王貞治両選手の好敵手として活躍し、二代目ミスタータイガースと呼ばれた阪神の伝説的な名投手だ。

ところが村上春樹が早稲田大学に入ることになって「僕の使う言葉が一週間のうちにほぼ完全に標準語——というか、つまり東京弁ですね——に変わってしまった」「僕としてはそんな言葉これまで使ったこともないし、とくに変えようという意識はなかったのだが、ふと気がついたら変わってしまっていたのである」。

さらに同エッセーに「僕はどうも関西では小説が書きづらいような気がする。これは関西にいるとどうしても関西弁でものを考えてしまうからである。関西弁には関西弁独自の思考システムというものがあって、そのシステムの中にはまりこんでしまうと、東京で書く文章とはどうも文章の質やリズムや発想が変わってしまい、ひいては僕の書く小説のスタイルまでががらりと変わってしまうのである。僕が関西にずっと住んで小説を書いていたら、今とはかなり違ったかんじの小説を書いていたような気がする」とまで書いている。

▽「ほんまに、ほんまに」

このエッセーのことを紹介した後、村上春樹の小説に関西弁を話す人物が現れるようになったことを金水敏は指摘していったのだ。

「村上朝日堂超短篇小説」と冠された『夜のくもざる』(一九九五年)の「ことわざ」は「猿やがな。なんせ猿がおったんや。嘘(うそ)やあるかい、ほんまもんの猿が木の上におったんや。わしもそらびっくりしたわ」と全編関西弁で書かれている。

「新潮」の一九九九年九月号に掲載され、『神の子どもたちはみな踊る』（二〇〇〇年）に収録された「アイロンのある風景」の舞台は茨城県鹿島灘の小さな町。それに出てくる「三宅さん」は四十代半ばぐらいで、五年ぐらい前から、この町に家を借りて一人で暮らして絵を描いている。物語は〈先月、阪神大震災があった〉という設定で、「三宅さん」は神戸市東灘区に家と家族があるらしい。

「三宅さん」は冷蔵庫の中で死ぬ夢をよく見るという。それを「狭いところで、真っ暗の中で、ちょっとずつちょっとずつ死んでいくんや」と関西弁で話している。「鹿島灘の小さな町には、関西弁をしゃべる人間なんていなかったから、三宅さんの存在はいやでも目立った」とも記されている。

さらに『海辺のカフカ』（二〇〇二年）では作品の舞台となる四国・高松の甲村記念図書館に大阪から来た夫婦が見学にやってくる。同記念図書館には種田山頭火の句や書が残されていたが、甲村家の当主が、山頭火のことを「『ただのほらふきの乞食坊主』と見なしてろくに相手にもせず、作品のおおかたを捨ててしまった」のを聞いて、「そら、もったいないことしましたな」と大阪から来た奥さんが本当に惜しそうに言う。「山頭火、今やったらもうえらいお値打ちですのにねえ」とも。その夫も「ほんまに、ほんまに」と相づちを打っている。

▽早稲田正門近くの喫茶店

この関西弁を話す人物の登場で、村上春樹作品の中で最も異色なのは短編集『女のいない男たち』（二〇一四年）の「イエスタデイ」に出てくる「木樽」という男性だ。

「イエスタデイ」の「木樽は僕の聞くかぎりほぼ完璧な関西弁をしゃべったが、生まれたのも育ったのも東京都大田区田園調布だった。僕は生まれたのも育ったのも関西だが、ほぼ完璧な標準語（東京の言葉）をしゃべった。そう考えてみれば、僕らはけっこう風変わりな組み合わせだったかもしれない」と記されている。

これは『村上朝日堂の逆襲』の「関西弁について」に対応した作品であるかもしれない。なぜなら「彼と知り合ったのは、早稲田の正門近くの喫茶店でアルバイトをしているときだった。僕はキッチンの中で働いていて、木樽はウェイターをしていた。暇な時間になると二人でよくおしゃべりをした。僕らはどちらも二十歳で、誕生日も一週間しか違わなかった」とあるし、さらに「そのとき僕は早稲田大学文学部の二年生だった。彼は浪人生で、早稲田の予備校に通っていた。ただ浪人生活も二年目に入っていたにもかかわらず、受験勉強に精を出しているという印象はまったく受けなかった。暇があれば受験とはほとんど関係のない本ばかり読んでいた」と書かれている。

▽方言コスプレ

その東京生まれの「木樽」が関西弁を覚えた理由は「おれは子供の頃から熱狂的な阪神タイガースのファンでな、東京で阪神の試合があったらよう見に行ってたんやけど、縦縞のユニフォーム着て外野の応援席に行っても、東京弁しゃべってたら、みんなぜんぜん相手にしてくれへんねん。そのコミュニティーに入れへんわけや。それで、こら関西弁習わなあかんわ思て」というものだ。

この「僕」と「木樽」は、初期三部作の「僕」と「鼠」のように、分身的な関係として存在しているように思える。結局「木樽」は早稲田大学に入らずに、関西料理を本格的に研究したいし、甲子園球場にも通えるからと言って、大阪に行ったようだ。そして今はデンバーで鮨職人をしているという。「僕」のほうは「一人でものを書く仕事をしている」。ちなみに金水敏によれば、「木樽」のような人工的な方言獲得を「方言コスプレ」というのだそうである。

この関西弁の登場人物の傾向は、二〇二〇年七月刊行の短編集『一人称単数』にも繋がっていて、「クリーム」に出てくる老人は「中心がいくつもある円や」「そういう円はちゃんと存在する。しかし誰にでも見えるわけやない」と語っているし、「ウィズ・ザ・ビートルズ With the Beatles」の「僕」のガールフレンドの兄も「うちには今、誰もおらんみたいや」「君はサヨコの友だちやったよな？」と関西弁で話している。

▽阪神タイガースファン

金水敏は、関西弁を話す人たちの増加について、村上春樹が『猫を棄てる——父親について語るとき』（二〇二〇年、もとになった文章は「文藝春秋」二〇一九年六月号発表の特別寄稿）で父親と自分の生の繋がりについて内省的に記していることなどとの関係、そして阪神大震災、地下鉄サリン事件後の社会との向き合い方、さらに臨床心理学者の河合隼雄との出会いなどの反映を指摘している。金水敏も述べているが、村上春樹の父親が熱心な阪神タイガースのファンであったことを考えると、関西弁で語る阪神タイガースファンの「木樽」に、父親の影を見ることもできるかもしれない。

ただし『夜のくもざる』収録の関西弁の「ことわざ」は、雑誌「太陽」のパーカー万年筆の広告のページに、安西水丸のイラストと共に連載されたものの一つで、その掲載は「太陽」の一九九三年九月号。当時、村上春樹はアメリカ滞在中で、その頃に、自分の言語的ルーツの関西弁について、考えていたということだろうか。だとすれば、一九九五年に起きた阪神大震災や地下鉄サリン事件以前から「関西弁」のことを考え出していたということになる。

二〇一三年五月、「河合隼雄物語賞・学芸賞」創設を記念した公開インタビューが京都で開かれた際に、村上春樹が「自分だって、関西弁を話せますよ。話してみましょうか」と言って、ちょっと関西弁で話してみたこともあった。私も取材していたが、それは、もちろん当然のことだが、流暢な関西弁だった。

▽遠く、阪神大震災

『アフターダーク』の「コオロギ」が、悩める「マリ」に関西弁で助言することから、関西弁と村上春樹作品について、長々紹介してきたが、その「コオロギ」とは何かということを考えて、記さなくてはならない。

「マリ」が「コオロギ」と別れて、家に帰宅する前、夜明け近くになって、彼女は姉「エリ」との大切な記憶を思い出す。自分が幼稚園児の時、姉妹でマンションのエレベーターに閉じ込められたことがあった。たぶん地震があったのだ。ぐらっと大きく揺れて、明かりも消えて真っ暗。その暗闇の中、小学校二年生の「エリ」が妹「マリ」を「二人の身体が溶け合ってひとつになってしまうくらい、ぎゅっと強く」抱きしめていてくれたのだ。

「エリ」は「いっときもその力を緩めなかった。いったんべつべつになったら、もう二度とこの世界で私たちが巡り会うことはないんだ、みたいな感じで」抱きしめていてくれたことを思い出したのだ。その記憶の回復が「マリ」を眠らせ、「エリ」を目覚めさせる力になっている。

「コオロギ」も「マリ」ぐらいの年齢の時に

は高校を出て、大阪で名前の知れた商事会社で、普通のＯＬとして「朝の九時から夕方の五時まで、制服着て働いてた」そうである。

　それは「神戸の地震があったころの話や」とのことと語っている。「朝の九時から夕方の五時まで」とは〈『アフターダーク』となる前〉とのことだろうが、それからちょっとしたきっかけから、ふと気がついたら、抜き差しならんとこまで来ているようになり、「仕事も捨てて、親も捨てて」ということになったという。

　「マリ」と「エリ」の記憶も地震の中の体験。「コオロギ」の「ある方面から」の逃走も「神戸の地震」のあった後のこと。小説の舞台は東京・渋谷かと思われる『アフターダーク』だが、遠く、阪神大震災が意識された長編なのではないかと思う。

▽普遍的な物語の形を

「コオロギ」は夜行性の動物。夜に土間などの暗闇の中で美しい音を奏でる虫だ。記憶というものも人間にとってささやかなものだが、心の暗闇の底にあって、その人の生を支える原動力となっている。「コオロギ」は、この切実な記憶の力を生きる「コオロギ」は、大都会の夜の暗闇の中に潜み「マリ」に伝える存在として作中にある。

　『アフターダーク』は真夜中の十二時直前から、朝の七時前までの物語なのだが、それは夜の暗闇の世界に入って、自分の心の奥深くにある記憶を探り、そこから成長して、この世に戻ってくるという村上春樹作品の普遍的な物語の形を端的に示していると言っていいだろう。

羊男

第十三章　村上春樹の「永遠のヒーロー」——羊男

長編『羊をめぐる冒険』（一九八二年）に「羊男」というものが出てくる。頭から羊の皮をかぶって、腕と脚の部分や頭部を覆うフードは作りものだが、くるくる巻いた角は本物。そのずんぐりした体は、その衣装にぴったりという存在だ。

そんな「羊男」の姿を村上春樹自身が描いた絵が、同書のまるまる一ページを使って、大きく掲載されている。この「羊男」の絵が出てくるページまでくると、何度この作品を読んでも笑ってしまう。そこに漂うユーモアセンスが、いかにも新しい書き手の登場を感じさせた。そんなページなのである。

「羊男」は『羊をめぐる冒険』ばかりでなく、その続編的な長編『ダンス・ダンス・ダンス』（一九八八年）や「図書館奇譚」（一九八二年）、それを改稿した『ふしぎな図書館』（二〇〇五年）にも登場。また『羊男のクリスマス』（一九八五年）という絵本もあるし、第一短編集『中国行きのスロウ・ボート』（一九八三年）の最後に収録された「シドニーのグリーン・ストリート」にも「羊男」が出てくる。さらに「図書館奇譚」については、二〇一三年にドイツで絵本として出版され、二〇一四年にはその日本語版『図書館奇譚』が刊行されている。

▽大規模稲作北限地

これだけの作品に登場する「羊男」のことを、村上春樹自身は「僕にとっての永遠のヒーロー」であると述べている。その「羊男」が「人間」なのか、「動物」なのか、つまりこの『村上春樹の動物誌』という本に入れていいのかという問題を考えなくてはならないが、『羊をめぐる冒険』には「羊男は動物と同じなのだ。こちらが近づけば退くし、こちらが退けば近づいてくる」と記されている。だから、一応「動物」と考えてもいい部分をもった存在なのではないかと、私は考えている。

では、どうして「羊男」が、村上春樹にとっての「永遠のヒーロー」なのか、それをこの章で考えてみたいと思う。

「羊男」がすんでいるのは北海道の旭川から塩狩峠を越え、さらに奥にある十二滝町という土地の山上だ。その十二滝町は「これより先には人は住めない」という場所で、「大規模稲作北限地」でもある。その山の上に「羊男」はすむのだが、そこは雪の季節には人の往来も途絶える場所である。

「僕」は背中に星の印を持つ羊を探して、北海道まで旅してきたが、北海道十二滝町の山上の台地に建つ「アメリカの田舎家風の古い木造の二階建ての家」に至ると、それは、四十年前に「羊博士」が建て、そして「鼠」の父親が買いとった建物だった。つい最近まで「僕」の友人「鼠」が暮らしていたらしい痕跡も残されている。「僕」の旅は「鼠」を探す旅でもあったのだが、その「鼠」が「羊男」と重なってくる展開である。

▽きっとあんた笑うよ

十二滝町の山上の台地に建つ家に「羊男」がやってくる。一ページ大の絵に「羊男」が描かれている場面である。「羊男」が帰ってしまった後、「羊男」のことが気になる「僕」がしばらくして探しに出ると、滝のある渓流にかかる橋の脇に「羊男」が座っていた。

「あまりうろうろすると熊に会うよ」「もしどうしても歩きまわりたいんなら、おいらみたいに腰にすずをつけるんだね」と「僕」に「羊男」は忠告してくれる。「ここに住んでるのかい？」と「僕」が尋ねると、「うん」「でも誰にも言わないでほしいんだ。誰も知らないからね」と「羊男」が応える。

ここに住む理由についての「羊男」の口は堅く、「羊男」は立ちあがり、草原の方向に向けて歩き始めてしまう。「僕」も立ちあがって「羊男」のあとを追い、さらに「どうしてここに隠れて住むようになったの？」と尋ねると「きっとあんた笑うよ」と「羊男」が言う。

「たぶん笑わないと思うよ」と「僕」が応じた後にも、「誰にも言わない？」という確認があり、ようやく「羊男」は、こう語るのである。

「戦争に行きたくなかったからさ」

▽戦争忌避者

つまり、村上春樹にとっての「永遠のヒーロー」である「羊男」は戦争忌避者なのである。戦争を忌避して、「大規模稲作北限地」であり、「これより先には人は住めない」という十二滝町のさらに山の上の台地に暮らしているのだ。

「十二滝町の生まれかい？」と「僕」が聞くと、「うん。でも誰にも言わないでくれよ」と「羊男」は言う。「僕」が「町は嫌い？」と聞くと、「下の町かい？」と聞き返してくる。さらに「好きじゃないよ。兵隊でいっぱいだからね」と加えるのだ。

そして「羊男」が「あんたはどこから来た？」と問い、「東京からだよ」と答える「僕」に対して「戦争の話は聞いたかい？」とさらに問う。

「いや」と「僕」が答えると、「羊男はそれで僕に対する興味を失ったようだった。我々は草原の入口に着くまで何もしゃべらなかった」。

そのように記されているし、「家に寄っていかないか?」と「僕」が「羊男」に訊ねてみても、「冬の仕度があるんだ」「また今度にするよ」と言って、東の林のほうへ消えていくのである。このように「羊男」は「戦争の話」に関心がない人間には興味がないのだ。

本書冒頭の「羊」の章で紹介したように、明治三十七年(一九〇四年)に日露戦争が始まると、十二滝村から五人の青年が徴兵され、中国大陸の前線に送られて、このうちの二人が死に、一人が左腕を失っている。その「戦死者の一人は羊飼いとなったアイヌ青年の長男」であり、彼らは「羊毛の軍用外套を着て死んでいた」。「羊男」の姿は、戦死したアイヌ青年の長男らの姿と同じである。

▽頻出する「旭川」

「羊男」が「好きじゃないよ。兵隊でいっぱいだからね」と語る「下の町」は「十二滝町」のように読めるかもしれないが、この「兵隊でいっぱい」の「下の町」とは明治三十四年(一九〇一年)から昭和二十年(一九四五年)まで旧陸軍第七師団があり、軍都として栄えた「旭川」のことではないだろうかと私は考えている。

『羊をめぐる冒険』でも「僕」が「羊男」がいる十二滝町に向かう場面は次のようにある。

その第八章冒頭の「十二滝町の誕生と発展と転落」の項は「札幌から旭川に向かう早朝の列車の中で、僕はビールを飲みながら『十二滝町の歴史』という箱入りのぶ厚い本を読んだ。十二滝町というのは羊博士の牧場のある町である」と書き出されているし、同章の次の項「十二滝町の更なる転落と羊たち」も「我々は旭川で列車を乗り継ぎ、北に向って塩狩峠を越えた。九十八年前にアイヌの青年と十八人の貧しい農民たちが辿ったのとほぼ同じ道のりである」と書き出されている。このように「旭川」のことが、意識された文章なのである。

そして、この「旭川」は、その後の村上春樹作品に頻出する場所となる。たとえば『ノルウェイの森』（一九八七年）の最後に「レイコさん」という女性が「僕」のいる東京まで会いにくる。京都の療養所で「直子」と同室だった人だ。その「レイコさん」は「旭川」と関係する女性として描かれている。

さらに『ダンス・ダンス・ダンス』では「僕」が宿泊する「ドルフィン・ホテル」に勤務する「ユミヨシさん」という女性が登場するが、「彼女の実家は旭川の近くで旅館を経営」しているし、『ねじまき鳥クロニクル』（一九九四年、一九九五年）に登場する「本田さん」はノモンハン事件の生き残りだが、その「本田さん」の故郷も「旭川」となっている。

『ノルウェイの森』で、「僕」と会った後、「レイコさん」は「旭川」まで向かうのだが、その「旭川」について「あそこなんだか作りそこねた落とし穴みたいなところじゃない？」と「僕」に語っている。

「レイコさん」は十九歳も年上だが、「あなたは誰かとまた恋をするべきですよ」と「僕」が言うと、「でも人は旭川で恋なんてするものなのかしら？」と彼女はつぶやいている。

▽近代日本が作った「落とし穴」

「レイコさん」の「旭川」についての言葉は、実際の旭川に暮らす人にとって、かなり酷な発言のようにも受け取れるかもしれないが、村上春樹が記している意味は次のようなことではないかと思う。

「石田玲子」というちゃんとした名前もあるのに、作中一貫して「レイコさん」と記されている「レイコさん」の「レイコ」は「霊子」で、「レイコさん」は「レイコン」「霊魂」を表しているのではないかと思うのだ。「直子」の同室者としてある「レイコさん」は、きっと「直子」の「レイコン」(霊魂) なのだろう。

『ダンス・ダンス・ダンス』の「ユミヨシさん」も「フロントに立っていると君は何だかホテルの精みたいに見える」と「僕」が語っている。「ホテルの精」とは「ホテルの精霊」のこと。「羊男」がすむ「ドルフィン・ホテル」の暗闇の世界に侵入する女性として描かれている「ユミヨシさん」は「霊魂の世界」に近い面もある人なのだろう。そして『ねじまき鳥クロニクル』の「本田さん」はかなり有名な占い師であり、「霊能者」なのである。

つまり「旭川」に関係する「レイコさん」「ユミヨシさん」「本田さん」は、みなこの世ならざる世界、異界に近い人としての一面を持っている。「旭川」はその「異界」への入り口として、村上春樹作品の中にあるのだ。

村上春樹作品の「異界」への入り口としては『海辺のカフカ』などで描かれた「四国」があるが、「四国」は古代神話まで繋がるような地下への「入り口」としてあるのに対して、「旭川」は近代日本の戦争の「死者の世界」「霊魂の世界」に繋がる「落とし穴」「入り口」としてあるのではないかと私は考えている。

『ノルウェイの森』の「レイコさん」が言う「あそこなんだか作りそこねた落とし穴みたいなところじゃない?」という言葉は、古代神話にまでは繋がらない、近代日本が作った、出来そこないの「落とし穴みたいなところ」という意味ではないだろうか。そんな「死者の世界」「霊魂の世界」に繋がる「落とし穴」みたいな場所で「恋なんてするものなのかしら？」という「レイコさん」の言葉ではないだろうか。

▽戦争を闘った羊の防寒具

私も取材で「旭川」を訪れた際、旧陸軍第七師団関係の資料などを展示している「北鎮記念館」を見学したことがある。「北鎮記念館」は北海道の開拓と防衛の歴史資料館だが、そこには日露戦争や満州事変、支那事変、ノモンハン事件、さらに大東亜戦争に参戦した同師団の関係者が残したものがたくさん置かれていて、中には日露戦争などを闘った際の防寒具も展示されていた。それは『羊をめぐる冒険』で描かれる「羊男」とそっくりと言ってもいいような、とてもよく似た防寒具だった。

村上春樹は『羊をめぐる冒険』を書く前に北海道内を取材したそうだが、もしかしたら「北鎮記念館」も取材しているのだろうか……。もっとも、今の「北鎮記念館」と一九八〇年代前半の「北鎮記念館」の場所は異なっているので、たとえ訪れたことがあったとしても、同様のものが展示されていたとは限らないのだが、その防寒具を見た私には「羊毛の軍用外套を着て死んでいた」アイヌ青年の息子の姿が「羊男」と、さらに強く結びついてくるように感じられた。

▽戦争は始まっていないんだね？

『ダンス・ダンス・ダンス』の「ドルフィン・ホテル」の暗闇の中で「僕」と再会した「羊男」は「それで、外の世界の様子はどうだね？　何か変わったことは起こっていないかな？」と訊ねる。「僕」が「相変わらずだよ。たいしたことは起こってないよ。世の中が少しずつ複雑になっていくだけだ。そして物事の進むスピードもだんだん速くなっている。でもあとはだいたい同じだよ。特に変わったことはない」と話すと、「羊男」は「じゃあ、まだ次の戦争は始まっていないんだね？」と話している。

「羊男」は一貫して戦争にこだわり、反対する存在だ。それゆえに村上春樹の「永遠のヒーロー」なのだろう。

猫

その3

第十四章　「ピーター・キャット」とT・S・エリオット
――猫（その3）

「『猫に名前をつけるのはむずかしいことです』というT・S・エリオットの有名な詩があるけど、知ってますか？」

村上春樹の『サラダ好きのライオン――村上ラヂオ3』（二〇一二年）の中に、そんな言葉で始まるエッセーがある。その詩の中でエリオットは「猫は三つの名前を持たなくてはならない」と主張している。

三つの名とはまず「普段呼ばれる簡単な名前」。「『たま』とかね」と村上春樹は言う。もう一つは「猫たるものひとつは持つべき、よそ行きの気取った名前」。さらに一つは「その猫自身しか知らない秘密の名前」だ。

村上春樹は大学時代、夜アルバイトから戻る途中に子猫を見つけ、その猫を呼ぶとついてきた。最初は無名だったが、ある日ラジオを聴いていたら、飼い猫が行方不明となった人がいて、その猫の名がピーターだった。「じゃあ、ピーターでいいか」となったという。

猫に名前をつけていくことが大切な意味をもっていることを本書の中で紹介してきたが、その村上春樹は二十五歳の時に東京・国分寺にジャズ喫茶「ピーター・キャット」を開店。その店名は愛猫ピーターが由来だと思われる。

▽猫のピーターのこと

T・S・エリオットはノーベル文学賞を受けた著名な英国詩人（生まれは米国）だが、村上春樹は、そのエリオットの詩が好きなのか、エッセーで何度も繰り返し紹介している。『村上朝日堂はいかにして鍛えられたか』（一九九七年）の「インカの底なし井戸」というエッセーの冒頭は「『猫に名前をつけるのはむずかしい』というのはT・S・エリオットの有名な言葉だが」と書き出されているし、『うずまき猫のみつけかた』（一九九六年）の最後に置かれた「猫のピーターのこと、地震のこと、時は休みなく流れる」という文は「猫に名前をつけるというのは、英国の先人も述べておられたとおり、なかなかむずかしいものである」と書き出されているのだ。

自らが育った地を襲った阪神大震災の後、まもなくして書かれたエッセーだが、その題名の中で「地震のこと」と並べて「猫のピーターのこと」と記すことからも、「ピーター」がどれほど大切な意味を持っているのかがわかる。これまで紹介してきた「いわし」「サワラ」「トロ」……などの猫への名づけのこだわりは、このエリオットの詩に発しているのかもしれないと思えるほどのこだわりである。

▽最初に挙げた名前

注目すべきはT・S・エリオットの詩そのものと、「ピーター」との関係である。

ヒットミュージカル『キャッツ』の原作ともなったT・S・エリオットの『キャッツ――ポッサムおじさんの猫とつき合う法』（一九三九年。池田雅之・訳、一九九五年）を読むと、村上春樹が猫の「普段呼ばれる簡単な名前」として『『たま』とかね」と記す部分に、エリオットは猫名候補として「ピーター、オーガスタス、アロンゾ」などを挙げている。つまり村上春樹が開いた喫茶店名は「ピーター・キャット」。普段呼ばれる猫の名として最初にエリオットが挙げたのが「ピーター」なのだ。

「ピーター・キャット」の店のマッチにはル

イス・キャロル『不思議の国のアリス』に出てくるチェシャ猫の絵が描かれていた。それは、にやにや笑い、人語を話す猫。村上春樹の長編に『世界の終りとハードボイルド・ワンダーランド』（一九八五年）もあるので「不思議の国（ワンダーランド）のアリス」との関係ももちろんあるだろう。

また『海辺のカフカ』（二〇〇二年）で「きみはなかなか有名なんだよ。ホシノちゃん」と黒猫の「トロ」が「星野青年」に話しかける場面で、黒猫の「トロ」は「一瞬にやっと笑った。猫が笑うのを目にしたのはそれが初めてだった」と記されている。ここにも『不思議の国のアリス』の、にやにや笑い、人語を話すチェシャ猫の姿が反映していると思われる。

▽うつろな人間たち

だが、「トロ」という黒猫は、T・S・エリオットの詩にも関係しているのだ。

『海辺のカフカ』には十五歳の「僕」に向かって、甲村記念図書館の「大島さん」が、T・S・エリオットの詩について話す場面がある。一方的に自分たちの価値観のみを善として、他者にその価値観を押しつけてくるような来館者に対して、「大島さん」は、こう語る。うんざりさせられる人たちは、そういう「想像力を欠いた人々だ。T・S・エリオットの言う〈うつろな人間たち〉だ。その想像力の欠如した部分を、うつろな部分を、無感覚な藁くずで埋めて塞いでいるくせに、自分ではそのことに気づかないで表を歩きまわっている人間だ。そしてその無感覚さを、空疎な言葉を並べて、他人に無理に押しつけようとする人間だ。つまり早い話、さっきの二人組のような人間のことだよ」と「僕」に言うのだ。

村上春樹作品では、あまりない激しい言葉遣いだが、「僕が我慢できないのはそういううつろな連中なんだ。そういう人々を前にすると、僕は我慢できなくなってしまう。ついつい余計なことを口にしてしまう」と強い言葉で「大島さん」は語っている。

この〈うつろな人間たち〉に対する村上春樹のこだわりは強く、『ねじまき鳥クロニクル』（一九九四年、一九九五年）の最終盤にも「顔のない男」が「私は虚ろな人間です」と言う場面があるし、『騎士団長殺し』（二〇一七年）の免色渉も自分のことを「からっぽの人間です。無です。T・S・エリオットが言うところの藁の人間です」と語っている。

▽圧倒的な偏見をもって

そして『海辺のカフカ』の最終盤、「星野青年」が「ナカタさん」の死体の口から出てくる白く細長い不気味な物体を殺す前に、黒猫の「トロ」が「圧倒的な偏見をもって断固抹殺するんだ」と言う場面もあるのだが、『海辺のカフカ』の刊行直後の読者とのインターネットメールによる質問への応答集『村上春樹編集長──少年カフカ』（二〇〇三年）の中で、これらの場面とフランシス・コッポラ監督の映画『地獄の黙示録』に関連した質問が読者から寄られている。

「『うつろな学生』より質問です」というものだが、『地獄の黙示録』で、マーロン・ブランドが演じたカーツ大佐もエリオットの詩集を持っていて「うつろな人間たち」を読んでいるし、「圧倒的な偏見をもって断固抹殺するんだ」という言葉も『地獄の黙示録』の中で述べられたことを指摘して、それらと『海辺のカフカ』との関係を問うているのだ。

それに対して、村上春樹は以下のように答えている。

「こんにちは。そのとおりです。僕は『地獄の黙示録』の圧倒的なファンです。もう20回くらいは見たと思います。『圧倒的な偏見をもって断固抹殺する』というトロくんの台詞は、『地獄の黙示録』の中の台詞を引用しました」という言葉から、質問者への答えを書き出している。さらに「僕の作品には往々にしてこういう『引用』があります。オマージュのようなものです。ちゃんと見つけてくれる人がいると嬉しいですね」と加えている。

でも「ただし、T・S・エリオットの詩については、『地獄の黙示録』以前から知っていましたし、その部分は『地獄の黙示録』とは直接には関係ありません。そういえば、あの映画の中でも『うつろな人間』のことは引用されていましたね」と答えているのだ。

▽奇妙な言葉である

まだ単行本には収録されてはいない初期の村上春樹の連載エッセーに〈同時代としてのアメリカ〉というものがあり、連載第三回に「方法論としてのアナーキズム　フランシス・コッポラと『地獄の黙示録』」(「海」一九八一年十一月号)があるが、それは"Terminate……with extreme prejudice"という英語の言葉で書き出されていて、続いてこれは「フランシス・コッポラの『地獄の黙示録』の冒頭、ウィラード大尉がナ・トランの司令部で受けるカーツ大佐暗殺命令の文句である。『断ち切るのだ……極端な偏見をもってね』。奇妙な言葉である」と村上春樹は書いている。

この「方法論としてのアナーキズム　フランシス・コッポラと『地獄の黙示録』」を書いた時点で、「とうとう四回もこの映画を観てしまった」とある。70ミリ版で三回、35ミリ版で一回だそうだ。そして『村上春樹編集長――少年カフカ』によれば、『海辺のカフカ』を書くまでに、さらに十五、六回は見たということである。

その『地獄の黙示録』は村上春樹の『羊をめぐる冒険』に影響を与えたのではないかとも言われる映画だ。『地獄の黙示録』はアフリカを舞台にしたジョゼフ・コンラッドの小説『闇の奥』を、舞台をベトナム戦争時のベトナムに移して描いた作品。

『羊をめぐる冒険』の「僕」は最後、友人の「鼠」を探して、北海道の果てまで旅をして、「鼠」の父親の別荘にたどり着く。その別荘の「奥の方の小部屋に」「本が一冊伏せてあった。コンラッドの小説だった」とあり、これはコンラッドの小説『闇の奥』のことだろうと推測される。

▽直接には関係ありません

それゆえに、村上春樹作品とジョゼフ・コンラッドの小説の世界の関係は、これまでも論じられてきたのだが、「T・S・エリオットの詩については、『地獄の黙示録』以前から知っていましたし、その部分は『地獄の黙示録』とは直接には関係ありません」と、村上春樹は明言しているのだ。

『地獄の黙示録』の日本公開は一九八〇年のこと。それ以前から「うつろな人間たち」のことを知っていたなら、いつの頃から知っていたのだろうか……？

一九七四年、村上春樹夫妻は東京・国分寺にジャズ喫茶「ピーター・キャット」を開店。その時、愛猫「ピーター」の店名がつけられたようだが、「『猫に名前をつけるのはむずかしいことです』というT・S・エリオットの有名な詩」について、繰り返し言及があるのだから、

「ピーター・キャット」開店時、またはそれ以前の猫に「ピーター」と名づけた時には、T・S・エリオットの『キャッツ――ポッサムおじさんの猫とつき合う法』（一九三九年）を知っていた可能性があるということではないだろうか。

▽猫に話しかける法

『キャッツ――ポッサムおじさんの猫とつき合う法』はミュージカル『キャッツ』の原作となった「エリオットの猫交遊録」ともいえる楽しい詩集だが、詩集の終わり近くにある詩では「猫に話しかけるには、どうしたらいいだろう?」とあって、「猫に関して、ルールはひとつ。『向こうから話しかけてくるまで、猫に口をきいてはいけない』」とある。

でもポッサムおじさん（エリオット）は「とはいえ、わし自身は、このルールあんまり信じてないけどね――」と記して、「わしは帽子を取り、頭をさげて、猫にこんな風に話しかける。」「ああ猫君！」と。

黒猫「トロ」の第六章で紹介したように『海辺のカフカ』の終わり近く、「星野青年」が「よう、猫くん。今日はいい天気だな」と話かけると、「そうだね、ホシノちゃん」と猫が返事をしてきて、「星野青年」は猫と話せるようになっていることも、このT・S・エリオットの詩の反映と言えるかもしれない。

『キャッツ――ポッサムおじさんの猫とつき合う法』の最初の詩は村上春樹が繰り返し紹介する「猫に名前をつけること」というもの。『海辺のカフカ』の「ナカタさん」の話が動き出していくのは、猫と話せる「ナカタさん」が出会った猫に次々と命名していく行為を通してだ。

「それでは猫さんのことを、オオツカさんと呼んでよろしいでしょうか？」。「それで、このナカタが、あなたのことを、カワムラさんと呼んでも、よろしいのでありますね」。「失礼ですが、あなたのお名前は？」「オオカワさんでいかがでしょう。そう呼んでかまいませんでしょうか？」という具合。

私はここに、猫に名前をつけていく、エリオット『キャッツ――ポッサムおじさんの猫とつき合う法』と対応する展開を感じるのだ。

これまで、あまり論じられてこなかったが、T・S・エリオットの詩と村上春樹作品の関係をもっと考えてもいいのではないかと思う。そして「ピーター・キャット」という店名への名づけについても。

鼠

第十五章　死者のイメージを持つ分身的友人――鼠

「金持ちなんて・みんな・糞くらえさ」。村上春樹のデビュー作『風の歌を聴け』（一九七九年）の第三章に「僕」が、たまり場のジェイズ・バーで飲んでいると、横の友人が「僕」にどなる場面がある。この友人は作中「鼠」と名づけられている。

「僕」と「鼠」はジェイズ・バーで一夏中かけて「25メートル・プール一杯分ばかりのビール」を飲み干した仲。『1973年のピンボール』（一九八〇年）『羊をめぐる冒険』（一九八二年）にも「鼠」は登場するので、これらは初期三部作と呼ばれている。

その初期三部作を読み返していた時、何度か笑ってしまった。考えてみると、東京都内で「ピーター・キャット」というジャズ喫茶をやっている店主が群像新人文学賞に応募してきた作品の主人公「僕」の友人が「鼠」なのだ。動物で「鼠」とペアになるのは「猫」であるから、「僕」は「猫」に相当する人物として考えられているのではないだろうか。

▽猫じゃらしが茂った草原

たとえば、『1973年のピンボール』にこんな文章がある。物語の最終盤、「僕」が探していたピンボール・マシーンとの再会を果たした後、エピローグの部分に「ピンボールの唸りは僕の生活からぴたりと消えた。そして行き場のない思いも消えた。もちろんそれで『アーサー王と円卓の騎士』のように『大団円』が来るわけではない。それはずっと先のことだ。馬が疲弊し、剣が折れ、鎧が錆びた時、僕はねこじゃらしが茂った草原に横になり、静かに風の音を聴こう」と記されている。

これは前作『風の歌を聴け』のタイトルと響き合う場面だが、そこで「ねこじゃらしが茂った草原に横になり、静かに風の音を聴こう」とする「僕」は、やはり「猫」として作中に在ると考えてもいいのではないかと思う。つまり初期三部作は「猫」と「鼠」の物語なのだろう。

『1973年のピンボール』では「僕」は東京にいて、「鼠」は神戸と思われる都市にいるが、その「鼠」が「ジェイズ・バー」にやってきて中国人のバーテン・ジェイと話す場面がある。

「一人暮し?」と「鼠」が問うと、ジェイは「ああ」と同意して、「猫が一匹だけいるよ」「年とった猫でね、でもまあ話し相手にはなる」と話す。「話すのかい?」と聞くと、ジェイは何度か肯いて、「ああ、もう長いつきあいだから気心は知れてるんだ。あたしにも猫の気持はわかるし、猫にもあたしの気持はわかる」と述べている。

これは『海辺のカフカ』(二〇〇二年)の「ナカタさん」や「星野青年」につながる感覚だ。そして、話し込んでいた「鼠」が微笑んで立ち上がり、ごちそうさま、と言い、「家まで車で送ろう」と申し出ると、「いや、いいさ。家は近くだし、それに歩くのが好きなんだよ」「それじゃおやすみ。猫によろしくね」と言って店を出ていく。ジェイも「ありがとう」と言っている。

これもなかなか笑える場面である。なにしろ、「鼠」が「猫によろしくね」と言っているのだから。

▽分身的な友人

『鼠』という少年は、結局は主人公（作者）の分身であろう」。『風の歌を聴け』が群像新人文学賞を受けた際、選考委員の吉行淳之介が選評でそんなことを書いている。さすがに、当代屈指の読み巧者として知られた吉行淳之介らしい指摘だ。「僕」が「猫」なので、その指摘通り、分身的な友人として「鼠」が登場するのだろう。

その『風の歌を聴け』の第二章には「この話は1970年の8月8日に始まり、18日後、つまり同じ年の8月26日に終る」と、たった一行だけ記されている。

あまり気にせずに読んでいけば同作はその時間内を進んでいくように思えるのだが、しかし作中の日数をちゃんと数えていくと、8月26日を超えて物語が書かれていることがわかる。同年の8月8日は土曜日で、第十章「犬（その2）」でも紹介したが、その夜にはラジオ番組のディスクジョッキーから「僕」に電話がかかってくる。

その日が物語の起点。そして終盤、「僕」と左手の「小指のない女の子」が港の倉庫街を歩く場面があるが、この日は既に8月27日。でも「僕」は東京に帰る26日のことを「来週」と彼女に話しているのだ。

この作品の時間のねじれを初めて指摘したのは文芸評論家の加藤典洋だ。「僕」やその分身的な友人「鼠」らが集まるジェイズ・バーは現実世界と冥界、異界をつなぐ所であって、「鼠」が幽霊であることを指摘。バーでの、ある時間を引くと、8月8日から26日までに収まる……。私も、日にちを数えながら読んだことがあるが、確かに8月26日を超えて物語が描かれているように感じる。

そして『1973年のピンボール』での終

盤、街を出ることを決めた「鼠」は夜、霊園の闇の中にいるし、『羊をめぐる冒険』の最後では首を吊って死んでいる。つまり「鼠」には霊魂や死のイメージがあるのだ。

▽8月15日のラジオ放送

さて、その物語の時間の枠を記した『風の歌を聴け』のたった一行だけの第二章、「この話は1970年の8月8日に始まり、18日後、つまり同じ年の8月26日に終る」について、加藤典洋とは少しだけ別の視点から考えてみたいことがある。

紹介したように、「1970年8月8日」は土曜日で、毎週、土曜の夜には七時から九時まで「ポップス・テレフォン・リクエスト」というラジオ放送があって、その夜、番組のDJから「僕」に電話がかかってくる。つまり物語の現実的な時間は、このラジオ放送が規定している。

そして、もう一度、「ポップス・テレフォン・リクエスト」のラジオ放送が物語に登場する。それは「ところで夏もそろそろおしまいだね。どうだい、良い夏だったかい?」とDJが言っているので、これは「8月22日」土曜日の放送と思われる。

当然、「8月15日」夜の土曜の夜にもラジオ放送があったはずだが、その「8月15日」土曜夜の放送は、なぜか『風の歌を聴け』に記されていない。

▽敗戦後の一週間

一方で、村上春樹は「8月15日」に強いこだわりを持つ作家である。多くの作品に「8月15日」のことが出てくるのだ。

『風の歌を聴け』から紹介すれば、「僕」が付き合った「三人目の相手」の「仏文科の女子学生」が、翌年の春休みにテニス・コートの脇の雑木林の中で首を吊って死んでしまったことが書かれている。『ノルウェイの森』（一九八七年）で、森の中で首を吊って死んでしまう「直子」の系譜に繋がる女性だ。

その女の子と付き合い出してから、「僕」は「全ての物事を数値に置き換え」ることが癖になるが、「当時の記録によれば、１９６９年の8月15日から翌年の4月3日までの間に、僕は３５８回の講義に出席し、54回のセックスを行い、６９２１本の煙草を吸ったことになる」とあり、「そんなわけで、彼女の死を知らされた時、僕は６９２２本めの煙草を吸っていた」と記されている。このように「死の世界」の象徴のような「仏文科の女子学生」との起点と思われる日に「8月15日」が置かれている。

それにもかかわらず、「8月15日」のラジオ放送が出てこない。これは意識的な不記載なのだと、私は思う。

日数を数えながら読んでいくと、「8月15日」と思われる日あたり、「ジェイズ・バー」で知り合った左手の「小指のない女の子」は「一週間ほど」旅をすると「僕」に言って、その間に彼女は堕胎の手術を受けている。さらに「僕」の分身的な相棒である「鼠」も「8月15日」ごろから「一週間ばかり」調子はひどく悪かったという。

その後、「僕」は「鼠」を誘い、ホテルのプールに行く。すると空にジェット機が飛行機雲を残して飛び去っていくのが見える。そこで二人は昔見た米軍の飛行機のことや港に巡洋艦が入ると街中がＭＰと水兵だらけになったことを話している。そのように敗戦後のことが記されているのである。つまり『風の歌を聴け』は、日本の敗戦後の一週間を意識して書かれているのではないかと、私は考えている。

▽「208」と「209」

「一九七三年九月、この小説はそこから始まる」。第二作『1973年のピンボール』に、そのような言葉が記されている。これは『風の歌を聴け』の「この話は1970年の8月8日に始まり、18日後、つまり同じ年の8月26日に終る」に対応した記述だ。

そして『1973年のピンボール』には「208」と「209」という数字が書かれたトレーナー・シャツを着た双子の女の子が登場する。『風の歌を聴け』の左手の「小指のない女の子」も双子なので、村上春樹の双子好きの登場として話題となったが、私はこの双子の「208」と「209」が意味することは、次のようなことだと考えている。

『1973年のピンボール』の中で、十月を迎えるころには、双子は新しいスポーツ・シャツと「僕」の古いセーターを着た姿となって、「208」と「209」ではなくなってしまう。つまり、この双子の「208」と「209」は「昭和20年8月」と「昭和20年9月」のことを表しているのではないかと、私は推測しているのだ。

もちろんこれだけでは、かなり飛躍のある考えだと言ってもいいだろう。でもたとえば、その後の『ねじまき鳥クロニクル』(一九九四年、一九九五年)で、「僕」が妻「クミコ」の兄「綿谷ノボル」と対決して、野球のバットで兄を殴り倒すという有名な場面が描かれるが、「僕」が「綿谷ノボル」と闇の中で対決する場所は、ホテルの「208」号室となっている。

そして、その場面は「赤坂ナツメグ」や彼女の父親をめぐる「一九四五年八月の物語」と交互に語られている。「綿谷ノボル」は日本を戦争に導いた精神のような人物だが、その「綿谷ノボル」との対決の場として「208」号室が選ばれたということは、この「208」は「一九四五年八月」、つまり「昭和20年8月」と考えてもいいのではないかと思う。

このような形で第一作『風の歌を聴け』と第二作『1973年のピンボール』は「昭和20年8月」で繫がっているし、日露戦争や旧満州のことなども出てくる第三作『羊をめぐる冒険』とも、戦争で繫がっているのだ。村上春樹の歴史意識が込められた初期三部作なのである。

▽戦争における死者

加藤典洋が指摘したように『羊をめぐる冒険』で、首を吊って死んでしまう「鼠」には、霊魂や死のイメージがある。さらに加えておけば、妊娠した子どもを堕ろしてしまう左手の「小指のない女の子」も死を含んだ女性だと言えるだろう。

その「鼠」という動物について、T・S・エリオットの詩の中での「鼠」のイメージを紹介しておきたい。

『羊をめぐる冒険』の続編的な作品である『ダンス・ダンス・ダンス』（一九八八年）に、こんな言葉が記されている。

「夜には一人で本を読み、酒を飲んだ。毎日が同じような繰り返しだった。そうこうするうちにエリオットの詩とカウント・ベイシーの演奏で有名な四月がやってきた」

カウント・ベイシーの演奏で有名なのは「エイプリル・イン・パリ」だし、T・S・エリオットの詩で有名なのは『荒地』（一九二二年）の書き出しの「四月は最も残酷な月」だ。

そして、このT・S・エリオット『荒地』には「鼠」のことが、何度か登場するのだ。

たとえば『荒地』第二部「チェス遊び」の中には「われわれは鼠の路地にいる、とぼくは考える、／死者たちが自分の骨を見失ったところ」とあるし、『荒地』第三部「火の説教」の中には「鼠が一匹、草むらを音もなく這(は)っていった、／ぬるぬるした腹を引きずって」「低い湿地には白い剥き出しの死体がいくつか転がり、／低く乾いた狭い屋根裏部屋では、打ち棄てられた骨たちを／カタカタと鳴らす鼠の足、今年も来年も」という詩句もある。

これらの『荒地』第二部、第三部の「鼠」にかかわる部分の関連性については原注の中で、T・S・エリオット自身が指摘している部分だが、さらに岩崎宗治訳のT・S・エリオット『荒地』の岩波文庫の訳注によれば「第一次大戦中、西部戦線では『塹壕(ざんごう)』のことを『鼠の路地』と言っていた」とある。

その「鼠の路地」には「鼠と南京虫(なんきんむし)が蔓延(はびこ)っていた。そこでは戦死者の骨が回収されず、『死者たちが自分の骨を見失う』ことがしばしばあった」という。

このように、『キャッツ——ポッサムおじさんの猫とつき合う法』（一九三九年）で「猫」を書いたT・S・エリオットは『荒地』の中で、「鼠」に戦争における「死者」のイメージを託している。

その点にも村上春樹の「鼠」三部作と響きあうものを私は感じる。

▽同じカレンダーの八月

二〇二〇年の八月のカレンダーは奇しくも「1970年の8月」と全く同じで、八月十五日の終戦の日は土曜日だった。

村上春樹も自身のラジオの番組「村上RADIO」（TOKYO　FMなど全国38局）のサマースペシャル放送として、二〇二〇年の八月十五日の午後四時から一時間ほどDJを務めていた。

その日から七十五年前の「昭和20年8月15

日」は、日本のラジオ放送として最も有名な終戦の玉音放送があった日だった。

青カケス

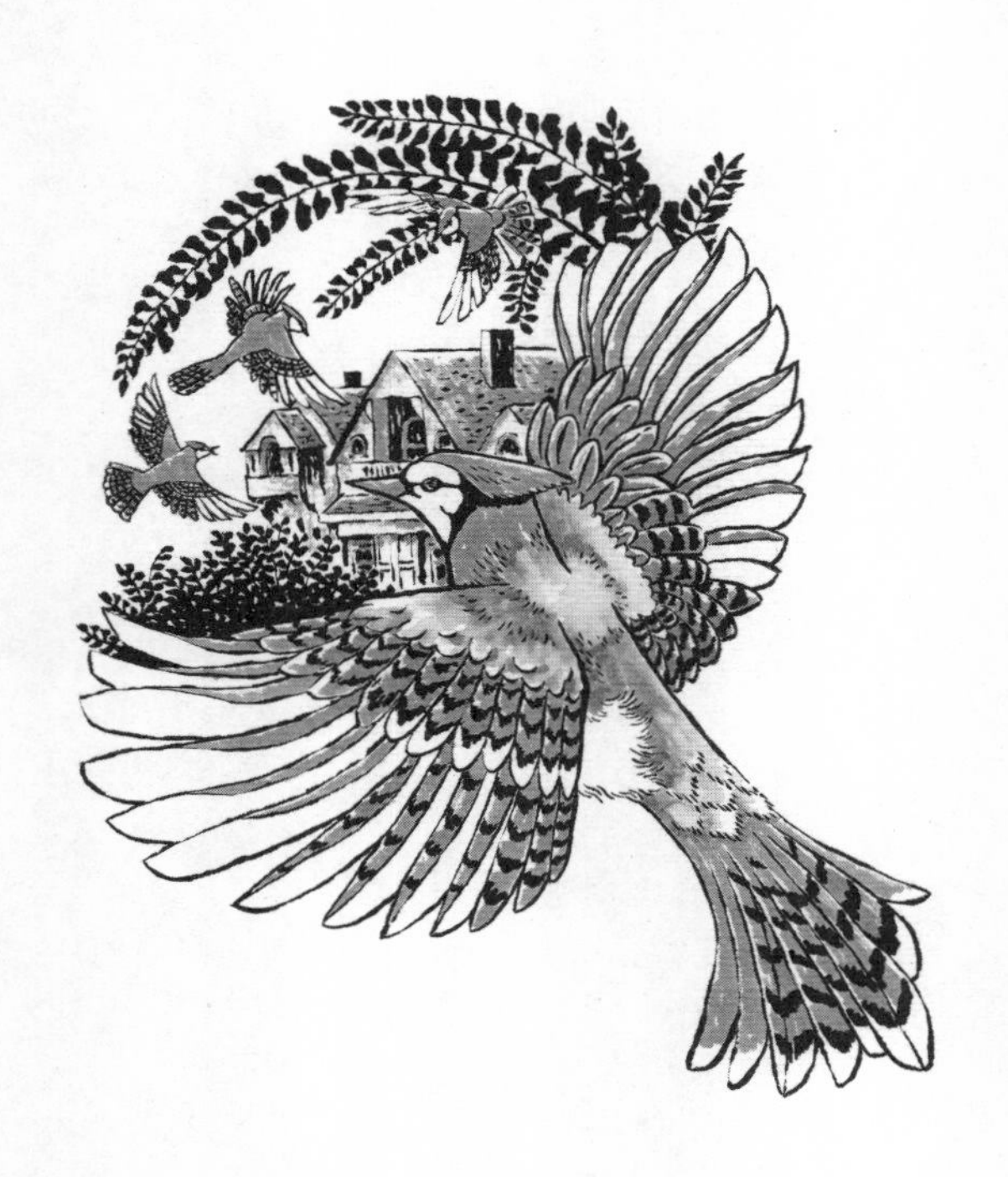

第十六章　歴史と戦争の死者たち
――青カケス

短編「レキシントンの幽霊」（一九九六年）は米国マサチューセッツ州ケンブリッジに二年ばかり住んだことがある語り手の「僕」（この語り手は作家なので、村上春樹に近い存在のようにも読める）が米国ボストン郊外レキシントンで体験した幽霊屋敷での物語だ。

「僕」は五十歳すぎの建築家・ケイシーと知り合う。そのケイシーが所有する古いジャズ・レコードの見事なコレクションに「僕」は関心を抱いて、彼の家を訪ねるのだ。

そのケイシーの家はレキシントンにあり、ケンブリッジの「僕」の住まいから車で三十分ぐらいのところ。「僕」は四月の午後、緑色のフォルクスワーゲンに乗って、一人でケイシーの家へ行った。

庭はまるで広い林のようになっていて、四羽の「青カケス」たちが派手な鋭い声をあげながら、枝から枝へと順番に飛び移るのが見え、ドライブウェイには新しいＢＭＷのワゴンが停まっていた。

▽米海軍航空母艦

そのようにケイシーの家を訪ねたこともある「僕」が、半年後に彼の古い屋敷の留守番を頼まれる。ケイシーは三十代半ばぐらいのピアノ調律師・ジェレミーと一緒に暮らしていて、ケイシーが旅行に出るときには、いつもジェレミーが留守番をするのだが、その時はウェスト・ヴァージニアに住んでいるジェレミーの母親の具合が悪く、彼は少し前からそちらに帰ってしまっていた。

その留守番のある夜、屋敷の二階で「僕」が眠っていると、誰もいないはずの一階居間からパーティーが開かれているようなざわめきが聞こえてくる……。

そうやって、幽霊たちのパーティーが始まるこの作品は「僕」が体験した単なる幽霊譚のようにも読める。だが、同作には日本と米国との戦争や第二次世界大戦のことが意識されて書かれているのではないだろうか。中国文学者の藤井省三がそんな指摘をした。

なぜなら「レキシントン」はアメリカ独立戦争において最初の銃声が放たれた土地」であり、それゆえか、「レキシントン」は太平洋戦争で活躍した米海軍航空母艦の名前にもつけられている。空母「レキシントン」は太平洋戦争初期には日本空母「祥鳳」を撃沈し、空母「翔鶴」に大損害を与えたが、自らも日本軍艦載機の攻撃を受けて大火災を起こし、米軍駆逐艦の魚雷により処分されており、日本海軍が撃沈した最大の米空母でもある。

その空母「レキシントン」の名前は一九四三年二月就役の新空母に継承され、同空母は一九四四年六月のサイパン攻撃などで活躍。戦後は訓練空母となり、村上春樹が米国に滞在中の一九九一年十一月に退役した。この空母「レキシントン」は映画『トラ・トラ・トラ!』(一九七〇年)に出演して日本海軍空母「赤城」を演じ、映画『ミッドウェイ』(一九七六年)でも米海軍の空母を演じている。

そしてケイシーと一緒に暮らすジェレミーの、その母親が住む「ウェスト・ヴァージニア」も日本海軍による真珠湾攻撃により大破した戦艦の名前でもある。

▽海の底にいるみたい

藤井省三は、これらの事実を挙げながら『「レキシントンの幽霊』におけるアジア戦争の記憶」という論を書いている。

その指摘を受けて、「レキシントンの幽霊」を読み返してみると、「レキシントン」「ウェスト・ヴァージニア」という軍用艦の影響を受けているためか、「海」のイメージに満ちた作品となっている。

居間の壁の高い本棚には美術書や各種専門書が並んでいたが、その「三方の壁には、どこかの海岸を描いた油絵が、大小取り混ぜていくつかかかっていた。風景の印象はどれもよく似ていた。どの絵にも人の姿はまったく見えず、ただ寂しげな海辺の風景があるだけだ」と記されている。その絵に耳を近づけると、そこからは「冷ややかな風の音と、荒ぶれた波の音が聞こえてきそうだった」とも加えられている。

「レキシントン」が、米軍駆逐艦の魚雷により処分され、海に沈んだことを反映しているのか、ケイシーの家で留守番中の「僕」は「近所に学生の多い、にぎやかなケンブリッジのアパートメントから移って来ると、なんだか海の底にいるみたいな気分だった」と村上春樹は書いている。

そして、騒ぎの音で目覚め、「誰かが下にいる」と思う直前には「音だ。海岸の波の音のようなざわめき――その音が、僕を深い眠りからひきずりだしたのだ」と記しているのである。

▽「四羽」の青カケス

藤井省三の指摘は、非常に説得力に富むものだが、それに私のいくつかの考えを加えてみたい。まず「僕」がフォルクスワーゲンに乗って、ケイシーの家に行った時に、派手な鋭い声をあげながら、枝から枝へと順番に飛び移っていた「四羽の青カケスたち」についてである。

村上春樹作品の中で、「四」は「死」と繋がる数字である。たくさんの例があるので詳しくは私の『村上春樹を読みつくす』（二〇一〇年、講談社現代新書）を読んでほしいが、いくつかの例を挙げてみたい。短編「螢」（「中央公論」一九八三年一月号）やその長編化作品『ノルウェイの森』（一九八七年）で「僕」と「直子」（「螢」では名前がなく「彼女」となっている）が中央線の電車の中で偶然出会った後、「四ツ谷駅」で二人が降りるのは「直子」（彼女）が「死」を抱いた人間だからだろう。また、これは他の読者から学んだことだが、「四ツ谷」は地下鉄・丸の内線がいったん地上に出る駅でもあるので、暗闇の地下（死）と地上の現実（生）とを結ぶ「四」（死）の「谷」であるという考え方もできる。

『海辺のカフカ』の冒頭部には、十五歳の「僕」が「行く先は四国ときめている。四国でなくてはならないという理由はない。でも地図帳を眺めていると、四国はなぜか僕が向かうべき土地であるように思える」という場面がある。この長編は、その「僕」や「ナカタさん」と「星野青年」らの登場人物が「四国」高松の甲村記念図書館に結集する物語。そして、「僕」が高知の深い森の中で、自分の心の底に降りていく小説である。つまり「四国」とは「死国」のことで、四国遍路のように冥界めぐりの物語となっている。

このように村上春樹作品の中での「四」は「死」と深く関係しているのであり、「レキシントンの幽霊」のケイシーの家の庭の広い林にいる「四羽の青カケスたち」たちは、戦争の死者を象徴的に表す「青カケス」の数だと言えるだろう。

▽「歴史」を表す色

　そして「青カケス」の「青」にも、村上春樹独特の意味が託されていると思う。村上春樹作品の中に「青」が登場する時、それは「歴史」を表す色だと私は考えている。

　このことは『空想読解 なるほど、村上春樹』（二〇一二年、共同通信社）という本に詳しく書いたので、興味のある人はそれを読んでほしいが、一例だけ記しておこう。

　『村上春樹全作品　1990～2000 短篇集Ⅰ』（二〇〇二年）に収録された『青が消える（Losing Blue）』という短編がある。「１９９９年の大晦日」に、新しいミレニアムを迎える夜、この世のすべての青い色が消えてしまう話だ。

　同作の最後の行には「でも青がないんだ」「そしてそれは僕が好きな色だったのだ」という部分がゴチック体で印刷されている。村上春樹は歴史好きで知られるが、この『青が消える（Losing Blue）』は新しいミレニアムを迎えるとこれまでの千年間にあった「歴史」が消えていってしまうと受け取ると、よく理解できる。

　この延長線上にケイシーの家の林にいる「青カケスたち」のことを考えると、それは「歴史」の大切さを表している動物なのだと思う。

　ちなみに『海辺のカフカ』の刊行直後の読者とのインターネットメールによる質問への応答集『村上春樹編集長――少年カフカ』（二〇〇三年）で、読者とのやりとりに使われたメールアドレスも losingblue@kafkaontheshore.com となっていて、村上春樹の「青」へのこだわりが反映している。

　さらにまた、二代目の空母「レキシントン」の愛称は「ブルー・ゴースト（Blue Ghost 青い幽霊）」であったという。

　幽霊の夜の眠りから、「目を覚ましたとき、外では雨が降っていた。静かな細かい雨だった。地面をしめらせることを唯一の目的として降る、春の雨だ。軒下で青カケスが鳴いていた。時計の針は九時前を指していた」とある。「青カケス」の「歴史」の力で、「僕」はしっかり目覚めたということなのだろう。

▽ドイツへのこだわり

「レキシントンの幽霊」の最後にはケイシーの家の前に停まっていた車が「青いBMWワゴン」であることも記されている。

「僕」が乗っている車は「緑色のフォルクスワーゲン」だが、「BMW」も「フォルクスワーゲン」もドイツ製の自動車。「僕」が深夜、幽霊たちの騒ぎを確認する際、用心のためにキッチンで、ドイツ製の高価な肉切り包丁を握りしめている。これらのドイツへのこだわりは、「レキシントンの幽霊」で意識されている戦争が、日米間の戦争ばかりでなく、第二次世界大戦全体を意識していることを示している。

そして、これは藤井省三が「青カケス」について、余談的に付け足していることだが、そのことも紹介しておきたい。

「ところでレキシントンの古屋敷で悪夢から目覚めた『僕』が最初に聞くのは、青カケスの鳴き声である。青カケスとは英語で Blue Jay、それは『風の歌を聴け』から『羊をめぐる冒険』まで『僕』の良き理解者であった在日中国人、朝鮮戦争からベトナム戦争までを在日アメリカ軍基地で働きながら体験したあのジェイと同じ名前の鳥なのである」

米国野球の大リーグで、唯一、米国以外のカナダ・トロントに本拠地を置くチームに「ブルージェイズ」がある。それは日本語では「青カケス」であり、村上春樹作品の出発点である「ジェイズ・バー」は「カケスのバー」なのかもしれないというのだ。

藤井省三の指摘を受けて「カケス」について調べてみると、「スズメ目カラス科」の鳥である。辞書には「ハトよりやや小形。全体ぶどう色で翼に白と藍との美しい斑がある。尾は黒い。他の動物の音声や物音をまねることが巧み」とある。「カラス」は村上春樹にとってたいへん重要な動物であり、そのことは「カラス」の章で記したい。

そして「ジェイズ・バー」について、もう一つだけ記すと、村上春樹が愛する米国作家、スコット・フィッツジェラルドの『グレート・ギャツビー』の主人公ジェイ・ギャツビー（Jay Gatsby）のことも、考えなくてはならないのではないかと思っている。

カラス

第十七章　魂の行く手を導く、内なる対話者
――カラス（その1）

村上春樹は二〇〇六年秋、チェコのフランツ・カフカ賞を受賞。同賞贈呈式直前には『海辺のカフカ』（二〇〇二年）のチェコ語訳が出版された。その『海辺のカフカ』の中にこんな言葉がある。

「誰も助けてはくれない。少なくともこれまでは誰も助けてはくれなかった。だから自分の力でやっていくしかなかった。そのためには強くなることが必要です。はぐれたカラスと同じです。だから僕は自分にカフカという名前をつけた。カフカというのはチェコ語でカラスのことです」

このことも反映しているのだろう。フランツ・カフカの父が経営していた店のカラスのマークが『海辺のカフカ』の装丁にも使われている。

▽意見交換している

村上春樹作品で「カラス」といえば、『海辺のカフカ』なのだが、でも同作品ばかりでなく、他の村上春樹作品にも「カラス」はたくさん出てくる。

たとえば『１Ｑ８４』（二〇〇九年、二〇一〇年）の中にも「カラス」は何度も登場する。同作の「ＢＯＯＫ２」には、カルト宗教集団のリーダーをホテルの一室で殺害後、隠れ家に逃避中の女主人公「青豆」のマンションに「カラス」が姿を見せる。「大きなカラスが出し抜けにベランダにやってきて、手すりにとまり、よく通る声で何度か短く鳴いた。青豆とカラスは

しばらくのあいだ、ガラス窓越しにお互いの様子を観察していた」とある。

そして「BOOK3」では、作中小説『空気さなぎ』の作者である美少女作家「ふかえり」のもとに「カラス」がやってきている。「カラス」が、一日に「いちどじゃなくなんどかやってくる」と「ふかえり」は男主人公「天吾」に話している。「ふかえり」は「カラス」と会話可能な人間として物語の中に存在していて、日々、彼女は「カラス」と意見交換をしているようだ。

さらに「天吾」が「BOOK3」で、死の床にある父親に付き添って看病をしている場面にも「カラス」が出てくる。

「天吾」が父の病室に入って、カーテンをあけ、窓を大きく開いて、気持ちのいい朝を迎えると、一羽のかもめが風に乗り、両脚を端正に折り畳み、松の防風林の上を滑空している。そして「くちばしの大きなカラスが一羽、水銀灯の上にとまって、あたりを用心深く見回しながら、さてこれから何をしようかと思案していた」と村上春樹は書いているのだ。この時、父と「天吾」のいるところは海沿いの療養所である。つまりこの「カラス」もまた一つの『海辺のカフカ』だと言っていいだろう。

「青カケス」の前章で、デビュー作『風の歌を聴け』（一九七九年）で登場人物が集まる「ジェイズ・バー」が「青カケス（Blue Jay）」と重なる名前であることを指摘する藤井省三の考えを紹介したが、それに従えば「青カケス」もカラス科の鳥であるし、「ジェイズ・バー」も海の近くの街にあるので、これも『海辺のカフカ』なのである。

▽ひとりぼっちの魂

その『海辺のカフカ』とは、高松にある甲村記念図書館の女性責任者である「佐伯さん」が十九歳の時に作詞作曲して歌い、大ヒットしたという曲の名でもあるし、この図書館のゲストルームにかかっている一枚の絵のことでもある。この絵は、海辺にいる十二歳ぐらいの少年を描いた写実的な絵で、それは「佐伯さん」が、かつて愛した同年の少年で、彼は二十歳のときに学生運動のセクト間の争いに巻き込まれて、人ちがいだったのに殺されてしまった。以来、彼女はもう二度と歌わなくなり、誰とも口をきかなくなって、通っていた音楽大学にも退学届けを出してしまったという。

そして『海辺のカフカ』の上巻の最後には、こんな言葉がある。

「カフカという名前――佐伯さんはその絵の中の少年が漂わせている謎めいた孤独を、カフカの小説世界に結びついたものとしてとらえたのだろう、僕はそう推測する。だからこそ彼女は少年を『海辺のカフカ』と呼んだ。不条理の波打ちぎわをさまよっているひとりぼっちの魂。たぶんそれがカフカという言葉の意味するものだ」

「カフカ」＝「カラス」なので、「カラス」という鳥が「不条理の波打ちぎわをさまよっているひとりぼっちの魂」を表しているということをまず心に置いておきたい。

▽高知の深い森の中で

『海辺のカフカ』は主人公の「僕」が、十五歳の誕生日、家を出て四国へ向かう場面から始まる。彼の家出後の名は「田村カフカ」。つまり「田村カラス」である。そして「僕」の中に「カラスと呼ばれる少年」が分身のようにして存在している。物語の冒頭、その「カラスと呼ばれる少年」が「僕」に、こう話しかける。

「君はこれから世界でいちばんタフな15歳の少年にならなくちゃいけないんだ。なにがあろうとさ。そうする以外に君がこの世界を生きのびていく道はないんだからね。そしてそのためには、ほんとうにタフであるというのがどういうことなのか、君は自分で理解しなくちゃならない」

この「世界でいちばんタフな15歳の少年」となるために「カラス」がどんな役目を担っているのか、その意味をここで考えてみたい。

「僕」が四歳の時、母は姉だけを連れて家出をした。その時、母は「僕」を抱きしめることもしなかった。それが「僕」の心の深い傷となっている。さらに父からは「僕は父を殺し、母と姉と交わる」という予言を受けていた。

実際、「僕」の家出の十日ほど後、父が東京の自宅で何者かに刺し殺されている。同時刻、「僕」は高松の神社で意識を失って倒れていた。Tシャツには新鮮な血が付着。予言通り、父を殺したのは「僕」ではないだろうか……。そう迫ってくる物語である。

「僕」は高松に向かう長距離バスで「さくら」という女性と知り合い、彼女が姉ならと思う。さらに「僕」が身を寄せる高松の甲村記念図書館の責任者である「佐伯さん」を自分の母ではないかと思うのだ。果たして「僕」は予言通り、母、姉と交わるのだろうか……。

だが、四国・高知県の深い森の中に独りいる時、「僕」に心の転換がやってくる。この深い森の中に独りいる心の姿こそが「不条理の波打ちぎわをさまよっているひとりぼっちの魂」というもののようだ。そこに「カラス」という動物の役割がよくわかる言葉が記されている。

▽ゆるせる柔軟な心

「僕は僕自身を離れる。魂は僕というこわ

ばった衣装を抜け出して一羽の黒々としたカラスとなり、庭の松の木の高い枝にとまり、そこから縁側に座っている4歳の僕自身を眺める」のだ。

そして「一羽の黒いカラス」となった「僕」と「カラスと呼ばれる少年」の次のような対話が書かれている。

「君のお母さんは君を愛していなかったわけじゃないんだ」と「カラスと呼ばれる少年」が背後から語りかける。「もっと正確に言えば、彼女は君のことをとても深く愛していた。君はまずそれを信じなくてはならない。それが出発点になる」

そして、若い「僕」の可能性について、こう述べる。ここで語られることは村上春樹作品の中でも最も大切な考え方のひとつである。

「君はじゅうぶん深く傷つき、損なわれてしまった。そして君はこれからもずっとその傷を負いつづけることだろう。そのことについてはかわいそうだと思う。でもね、それにもかかわらず、君はたぶんこう考えるべきなんだ。君にはまだそれを回復することができるんだってね。君は若いし、タフだ。柔軟性にも富んでいる。傷口をふさぎ、頭をしっかりとあげて、前に進んでいくこともできる。でも彼女にはもうそんなことはできない。彼女はただそのまま失われているしかないんだ。誰がいいとか悪いとか、そういう問題じゃない。現実的なアドバンテージをもっているのは君なんだ。君はそのことを考えてみるべきだ」

これは「一羽の黒いカラス」となった「僕」が母をゆるすことが、「僕」の唯一の救いとなることを「僕」に伝える言葉である。「世界でいちばんタフ」なこととは、自分自身から離れ、高い所から自身を眺めることによって〈相手をゆるせる柔軟な心を持つ人間になること〉

なのだ。

「佐伯さん」の幼なじみの恋人を人まちがいから殺してしまった者たちの「想像力を欠いた狭量さ、非寛容さ。ひとり歩きするテーゼ、空疎な用語、簒奪（さんだつ）された理想、硬直したシステム」について、甲村記念図書館の「大島さん」が「想像力を欠いた狭量さや非寛容さは寄生虫と同じなんだ。宿主を変え、かたちを変えてどこまでもつづく」と「僕」に語っている。

そのような硬直し、こわばった人間ではなく、『海辺のカフカ』の「カラス」は〈想像力に満ちた、柔軟で寛容な人間〉へと、「僕」の魂の行く手を導く、内なる対話者としてある。

カラス

その2

第十八章　硬直したシステムへの強い否

――カラス（その2）

全三部からなる『ねじまき鳥クロニクル』（一九九四年、一九九五年）は村上春樹が書いた最も長い部類の長編だ。その長い物語は「台所でスパゲティーをゆでているときに、電話がかかってきた。僕はＦＭ放送にあわせてロッシーニの『泥棒かささぎ』の序曲を口笛で吹いていた。スパゲティーをゆでるにはまずうってつけの音楽だった」と書き出されている。

料理のことがよく出てくる村上春樹作品の中でも『ねじまき鳥クロニクル』あたりまで、スパゲティーは作中登場する料理の代表的なものの一つだった。そのスパゲティーを作ろうとしていると、電話がかかってくるという展開も多い。

▽そのままレシピ

たとえば『ダンス・ダンス・ダンス』（一九八八年）にも、夕食をスパゲティーにしようと「僕」が思っている場面がある。「にんにくを二粒太めに切ってオリーブ・オイルで炒める。フライパンを傾けて油を溜め、長い時間をかけてとろ火で炒める。それから赤唐辛子をまるごとそこにいれる。そしてそれもにんにくと一緒に炒める。苦みの出ないうちににんにくと唐辛子を取り出す。この取り出すタイミングがけっこう難しい。そしてハムを切ってそこに入れ、かりっとしかけるところまで炒める。そこに茹であがったスパゲッティを入れ、さっとからめてみじん切りにしたパセリを振る」。そんな美味しいスパゲティーを食べたいと思って、スパゲティーのお湯をわかしかけたところへ、「やあ、久し振り」と五反田君から電話がかかってくる。

『ねじまき鳥クロニクル』では、電話のベルが聞こえたとき、スパゲティーはゆであがる寸前だったので、電話を無視しようかとも思ったが、やはり「僕」はガスの火を弱めて、受話器をとっている。

この本は『村上春樹の食物誌』ではないので、スパゲティーのほうは詳しく書かないが、『ダンス・ダンス・ダンス』の記述などは、そのままレシピとなる文章なので、興味のある人は一度、村上春樹の記すところに従って、スパゲティーを作られたらいいと思う。

▽うってつけの音楽

『村上春樹の動物誌』である本書は『泥棒かささぎ』の「かささぎ」について考えてみたい。三部構成の『ねじまき鳥クロニクル』の第1部は「泥棒かささぎ編」と題されているので、「かかさぎ」は重要な動物である。

そのロッシーニの『泥棒かささぎ』はこんな話だ。裕福な小作農家の息子ジャンネットが戦争からまもなく帰還する場面から始まる。ジャンネットは召使いニネッタと恋仲だが、家の女主人は息子とニネッタとの結婚に反対している。

ニネッタは家財の扱いがいい加減で、先日もフォークが一本なくなったばかり。そして今度はスプーンがなくなって、ニネッタが泥棒で逮捕され裁判にかけられ、有罪となる。その過程で、村の権力者によるニネッタへの恋の横恋慕もからんで物語が展開するが、実は泥棒の犯人は「かささぎ」で、「かささぎ」がフォークやスプーンなどを盗んで、教会の塔にある巣にため込んでいることがわかる。

真犯人は「かささぎ」であることがわかって、ニネッタは救出され、彼女とジャンネットが結ばれるという話だ。

『ねじまき鳥クロニクル』という長編も、ある日、突然、妻が自分の前から失踪してしまう話。何かの力で、とらわれの身となっている妻を、長い時間をかけて最後に主人公が救出するという物語なので、ロッシーニの『泥棒かささぎ』は、その物語にはぴったりの音楽なのだろう。

『ねじまき鳥クロニクル』の第1部「泥棒かささぎ編」では、まだ妻は失踪していないが、第2部「予言する鳥編」の冒頭で妻は失踪してしまう。妻の失踪と奪還を物語の中心と考えれば、それまでの序章として「『泥棒かささぎ』の序曲」が「うってつけの音楽だった」ということになるのだろう。

そして、ここで「鵲（かささぎ）」について紹介したのは、「カササギ」もまた「スズメ目カラス科」の鳥だからだ。「カラス」よりも少し小さいが、肩の羽根と腹の面とが白色であるほかは黒色で金属的な光沢のある鳥。『泥棒かささぎ』の「カササギ」も「カラス」の仲間であり、村上春樹にとって、「カラス」がいかに重要な動物であるかを示していると思う。

▽**カラスに挑む子猫**

前章と本章で『海辺のカフカ』や『1Q84』『ねじまき鳥クロニクル』といった大きな長編に登場する「カラス」について述べてきたが、一つだけ、小品で「カラス」が出てくる小説を紹介してみたい。それは作品集『カンガルー日和』（一九八三年）に収録された「とんがり焼の盛衰」である。

村上春樹のエッセー集『おおきなかぶ、むずかしいアボカド――村上ラヂオ2』（二〇一一年）に「カラスに挑む子猫」というエッセーがある。樹木の枝に何匹か大きな「カラス」がとまっていて、子猫がそれに挑みかかっている。その無謀な子猫に対して「僕だって若い頃は似たようなものだった」と村上春樹は思う。そして「僕にとってのカラスの群れとは、ひとことで言えば『システム』だった。いろんな権威を中心に据えた枠組み。社会的な枠組み、文学的な枠組み」だったことが記されている。

そんな「カラス」たちを描いた短編が「とんがり焼の盛衰」（一九八三年）だ。同作中に「とんがり鴉（がらす）」というものが出てくる。

ある朝、新聞でみつけた「名菓とんがり焼・新製品募集・大説明会」に「僕」は顔を出す。

とんがり焼の原型は平安時代にさかのぼるが、その長い歴史を誇る国民名菓に、時代に即した新しい血を入れたいとのこと。賞金は二百万円で、「僕」は締め切り日に新とんがり焼を作り、持参する。

その一カ月後、とんがり製菓から明日会社においで願いたいという電話がかかってきた。「僕」はネクタイをしめてとんがり製菓にでかけて、応接室で専務と話をした。

「あなたの応募された新とんがり焼は社内でもなかなか好評であります」「なかでも、あ──、若い層に評判がよろしい」と専務が言う。

「しかし一方でですな、ん──、年配のものの中には、これではとんがり焼ではないと申すものもおりましてですな、ま、甲論乙駁という状況でありますな」とも言う。

「で、この際とんがり鴉さまの御意見をうかがおうではないかと、重役会議で決定致しましたのであります」と専務が告げるのだ。

▽文壇に対する印象

とんがり鴉(がらす)のことを知らない「僕」が聞くと、驚いた専務が鉄の扉のついた部屋に案内。その中にいるとんがり鴉さまは昔からとんがり焼だけを食べて生きている特殊な一族だという。

部屋の中には百羽以上の数の鴉がいた。部屋には何本もの横棒が渡され、そこにとんがり鴉がずらりと並んで座っていた。とんがり鴉は大きなもので体長一メートルくらいあった。小さいものでも六十センチくらいはある。見ると彼らには目がなかった。目のあるべき場所には白い脂肪のかたまりがくっついているだけだ。おまけに体ははちきれんばかりにむくんでいる。

専務が「僕」の新とんがり焼を床にまくと、混乱が始まった。ある鴉は満足してそれを食べ、ある鴉はそれを吐き出した。そして乱闘。血が血を呼び、憎しみが憎しみを呼んだ。たかが菓子のことなのだけれど、鴉たちにとってはそれが全てなのだ。それがとんがり焼であるか、非とんがり焼であるか、それだけが生存をかけた問題なのである。

それを「僕」は見て、賞金二百万円は惜しかったが、とんがり製菓の建物を出るという話だ。村上春樹自身が書いているが、これは小説家としてデビューしたときに、文壇に対して抱いた印象をそのまま寓話にしたものだ。つまり「とんがり焼」とは「小説」のことである。

時はめぐって、現代。「システムが頑丈だったときの方が、けんかはしやすかった。つまり、カラスがきちんと高い枝にとまっていたときの方が、構図は見えやすかった」。今は何が挑むべき相手なのか、つかみにくい時代だ。そう村上春樹は「カラスに挑む子猫」に書いている。

▽大切な価値観

　前章で紹介した「カラス」とは、作中の役割が大きく異なるが、でも描かれる「カラス」を通して、村上春樹が言いたいことには、通底したものがある。

「とんがり焼」という名前にもよく表れているが、直線的に尖り、硬直したシステムに対する強い否の気持ちが「とんがり焼の盛衰」の「とんがり鴉さま」の姿に強く表れている。

　それに対して、『海辺のカフカ』の「カラスと呼ばれる少年」と「僕」との対話で示されるのは〈柔軟で寛容な心を持つ人間になること〉の大切さなのだ。この二つの「カラス」の在り方は、村上春樹の大切な価値観の両側を象徴している。

「とんがり焼の盛衰」が書かれた時から三十年ぐらいがたってみると、文壇というものもすっかり衰退してしまい、その構図が見えづらくなり、何が挑むべき相手なのかさえ、つかみにくい時代を作家として生きていかなくてはならないというのが「カラスに挑む子猫」というエッセー。それからまた十年ほど時が流れている。

蜂

第十九章　太陽の光の照る現実社会を象徴
――蜂

『遠い太鼓』（一九九〇年）は一九八六年秋から一九八九年秋まで三年間にわたって、イタリア、ギリシャに滞在した村上春樹の旅行記だ。

作品の時期で言うと、この三年間に村上春樹は『ノルウェイの森』（一九八七年）と『ダンス・ダンス・ダンス』（一九八八年）の長編二作と短編集『TVピープル』（一九九〇年）を書き上げている。『遠い太鼓』によれば、『ノルウェイの森』はギリシャで書きはじめ、シシリーに移り、ローマで完成した。そして『ダンス・ダンス・ダンス』は大半をローマで書いて、ロンドンで仕上げたという。

その『遠い太鼓』の冒頭近くに「蜂のジョルジョと蜂のカルロ」「蜂は飛ぶ」という「蜂」をめぐる文章が並んでいる。本章では、この「蜂」について考えてみたい。

▽頭の中を飛びまわる二匹

これら二つの文は「その時期におちいっていた疲弊」について書かれたもの。「二匹の蜂は僕の頭の中をまだぶんぶんと飛びまわっている」ので、この「二匹の蜂に名前をつけてやろう」と思って、つけた名前が「ジョルジョ」と「カルロ」だ。「ぶんぶんぶんぶん」。「蜂のジョルジョと蜂のカルロ」は相変わらず村上春樹の頭の中を飛び続けている。疲弊こそが彼らの養分なのだ。

疲弊は、旅行とは関係のないものだが、そのさまは、かなり具体的に書かれている。

「りんりんりんりんりんりんりん」と電話のベル

がなる。これも「蜂」のたてる物音なのだ。

どこかの女子大で講演しろ。雑誌のグラビア用に自慢の料理を作れ。誰それと対談をしろ……。性差別やら、環境汚染やら、死んだ音楽家やら、ミニスカートの復活やら、煙草のやめ方やらについてコメントをくれと言う。なんとかのコンクールの審査員になれとも……。

「僕」はこんなことで疲れてしまう。「蜂」はそのように「美味そうに疲れた脳味噌」が大好き。だから「僕は日本を出てきた」のに、ローマでも疲弊が続いているのだ。

つまり「蜂」とは現実世界の象徴なのだろう。世俗のそんな要請が苦手な村上春樹が日本脱出の旅に出たのに、旅先まで「蜂」が追ってくるのだ。

▽**大切な事実に気づく**

村上春樹作品の主人公は「向こう側」(死の世界)の暗闇や森の中に入り、そこで大切な何かに気づき、成長して、「こちら側」(生の世界)の現実に帰っているという形をとる場合が多い。第一短編集『中国行きのスロウ・ボート』(一九八三年)に収められた「午後の最後の芝生」は、その原型のような小説だが、この作品にも「蜂」が登場する場面がある。

主人公である大学生の「僕」は遠距離恋愛の費用捻出のために芝刈りのバイトをしていたのだが、ある日、恋人から別れの手紙がきて、バイトは不要となってしまう。その最後の仕事に訪れた家で、芝生を刈るのだ。その一日のことを十四、五年後に、小説家の「僕」が回想する話だ。

「僕」が最後のバイト先となった家の庭の太陽が照っているところで綺麗に芝を刈ると、依頼主の女性が出てきて、家の中で「僕」に見てほしいものがあると言う。その依頼主の家の中に入っていく場面は「水でといたような淡い闇が漂っていた」と書かれている。燦々と太陽の光がそそぐ世界から、その家の湿っぽい闇の世界に入っていくような場面だ。

亡くなっているのか……長期間不在らしい、その家の娘のたくさんの服を見て、娘の着ていたものとか、持っていたものについて「僕」は感想を聞かれる。「僕」は「とても感じのいいきちんとした人みたいですね」などと話すのだが、その時、「僕」は自分の恋人とのことについて、とても大切な事実に気づく。自分の恋人がどんな服を着ていたか思い出そうとしても、まるで「僕」は思い出せなかったのだ。

そんな体験をした後に、再びその家の「冷やりとして、闇につつまれていた」廊下を通って、玄関でドアを開けると、「日の光が僕のまわりに溢れ、風に緑の匂いがした。蜂が何匹か眠そうな羽音を立てながら垣根の上を飛びまわっていた」と記されている。

ここでも「蜂」は日光の溢れる現実世界の側を表す動物として描かれていると言っていいだろう。

▽太陽の照る現実社会

もうひとつ同じような「蜂」の登場を紹介してみよう。

長編『海辺のカフカ』（二〇〇二年）の最終盤、甲村記念図書館の女性責任者である「佐伯さん」から、森の中で、「さよなら、田村カフカくん」「もとの場所に戻って、そして生きつづけなさい」と「僕」が言われる場面がある。

「僕には生きるということの意味がよくわからないんだ」と言うと、「絵を見なさい」と「佐伯さん」が静かな声で言う。「私がそうしたのと同じように、いつも絵を見るのよ」と言って、彼女は去っていくのだ。

このようにして『海辺のカフカ』という四国（死国）の冥界を「僕」がめぐる旅が終わるのだが、それに続いた場面に「眠っていた蜂が目を覚まし、僕のまわりをしばらく飛びまわる。そしてやがて思いだしたように、開いた窓から外に出ていく。太陽は照りつづけている」と記されている。ここでも、「蜂」は太陽の照る現実社会を象徴するような動物としてある。

さらに、長編『騎士団長殺し』（二〇一七年）では「私」が描く肖像画のモデルとなる十三歳の少女「秋川まりえ」の母親で、「免色渉」という謎の資産家の恋人でもあった女性が山の中を散歩しているときに、何匹もの「スズメバチ」に刺されて、「蜂」の毒素へのアレルギーでショック死している。それゆえに『騎士団長殺し』では、現実の危険性を示す動物として、何度も「スズメバチ」のことが登場してきて、印象的なのだが、ここでは最初に述べた『遠い太鼓』の「蜂のジョルジョと蜂のカルロ」「蜂は飛ぶ」について、別な視点から、村上春樹独特の思考法について、もう少し紹介したいと思う。

▽電話をかけているのは僕自身

村上春樹は世俗の現実社会の要請に応えることが苦手な人間である。だから、そういう煩わしさから逃れて、ギリシャ、ローマまで来たのだ。

でも、それならなぜ外国まできて、疲弊を引きずって、「二匹の蜂」が「僕」の頭の中をまだぶんぶんと飛びまわっているのだろうか。

それは村上春樹が「世俗の現実社会の要請」に対して、そんなことは自分とは全く関係がないとは思えない人間だからだ。電話などでいろいろ伝えられる要請に対して、村上春樹は次のように書いている。

「誰が悪いわけでもなく、誰が間違っているわけでもない。それはわかっている。僕だってある意味では、そういう状況に加担している人間のひとりなのだ。かなりまわりくどい意味の隘路を辿っていくことになるけれど、それでもやはり僕だってちゃんとそれに加担している。だから僕にはそういう物事に対して腹を立てる権利なんてないのだ。たぶん、ないと思う。僕に電話をかけているのは、僕自身でもあるのだ。ある意味では」

　さらに「そういう二重性が僕を苛立たせる。そして無力感を抱かせる」とも加えている。

▽両端を同時に叩く

　ここに村上春樹独特の「ブーメラン的思考」がよく表れている。村上春樹は、相手に問う問題が、必ずブーメランのように自分に戻ってきて、自分の問題として考える。「向こう側」と「こちら側」を同時に考えていく作家である。『世界の終りとハードボイルド・ワンダーランド』（一九八五年）『ノルウェイの森』（一九八七年）『海辺のカフカ』（二〇〇二年）など、村上春樹は二つの話が並行して進んでいく物語が好きだが、これも「相手」を問い、さらに「自分」を問うという、「向こう側」と「こちら側」、「死の世界」と「生の世界」の両端を同時に叩く意識の反映だろうと、私は考えている。

　村上春樹の頭の中を「蜂のジョルジョと蜂のカルロ」という「二匹の蜂」が飛びまわっているのも、そのブーメラン的な二重思考法の表れだろう。

熊

第二十章　春の到来のような心温まる親しさ――熊

　村上春樹の小説に出てきて、一番ほっとする動物は「熊」ではないだろうか。村上春樹作品の熊には、心温まる親しさや、つい笑ってしまうユーモアがいつも表現されている。

　たとえば『ノルウェイの森』（一九八七年）にも「熊」が語られる有名な場面がある。「僕」が「緑」という女の子の家で、並んで横になっていると、「私が気持良くなるようなこと」を言ってほしいと「緑」がせがむ。

「すごく可愛いよ」と「僕」が言うと、「名前つけて言って」と「緑」が乞うので「すごく可愛いよ、ミドリ」と「僕」は言いなおす。

　そして「すごくってどれくらい？」と聞くので、「山が崩れて海が干上がるくらい可愛い」と「僕」が伝えると、「あなたって表現がユニークねえ」と「緑」が応える。そして「もっと素敵なこと言って」というので「君が大好きだよ、ミドリ」と「僕」が言う。

▽斜面を転がって遊ぶ

　さらに「どれくらい好き？」と「緑」が問うので、「僕」は「春の熊くらい好きだよ」と答える。「春の熊？」「それ何よ、春の熊って？」と横になっていた「緑」が顔を上げて言うので「僕」は「春の熊」について、次のように述べるのだ。

「春の野原を君が一人で歩いているとね、向うからビロードみたいな毛なみの目のくりっとした可愛い子熊がやってくるんだ。そして君にこう言うんだよ。『今日は、お嬢さん、僕と一緒に転がりっこしませんか』って言うんだ。そして君と子熊で抱きあってクローバーの茂った丘の斜面をころころと転がって一日中遊ぶんだ。そういうのって素敵だろ?」

「すごく素敵」と「緑」も感嘆。「それくらい君のことが好きだ」という「僕」の胸にしっかりと抱きついて「最高」と「緑」は応えるである。

『世界の終りとハードボイルド・ワンダーランド』(一九八五年)にも「熊」のことが出てくる。それはこんな場面。同作にとても楽しい『自転車の唄』を唄う娘が登場するのだが、その娘は「四月の朝に/私は自転車にのって/知らない道を/森へと向った/買ったばかりの自転車/色はピンク/ハンドルもサドルも/みんなピンク/ブレーキのゴムさえ/やはりピンク」と唄う。

さらに続けて「四月の朝に/似合うのはピンク/それ以外の色は/まるでだめ/買ったばかりの自転車/靴もピンク/帽子もセーターも/みんなピンク/ズボンも下着も/やはりピンク」と唄うのだ。

その太った娘は『自転車の唄』にあるようにピンク色が大好き。この〈ピンクの娘〉が「病院に入院したことある?」と「私」に問う場面があって、それ対して「ない」と「私」は答えるのだが、加えて「私はだいたいにおいて春の熊のように健康なのだ」と村上春樹は書いている。

▽ピンクのチアリーダー

『世界の終りとハードボイルド・ワンダーランド』は『ノルウェイの森』の二年前の長編だが、この二つの物語は共通する形を持っている。『世界の終りとハードボイルド・ワンダーランド』は「世界の終り」という閉鎖系の世界の物語と「ハードボイルド・ワンダーランド」という開放系の世界の物語が交互に進んでいく長編。

『ノルウェイの森』も「直子」という森の中で死んでしまう閉鎖系の女性の世界と、「春を迎えて世界にとびだしたばかりの小動物のように瑞々しい生命感を体中からほとばしらせて」いる「緑」という開放系の女性の世界を交互に進んでいく長編である。

そして『世界の終りとハードボイルド・ワンダーランド』では「世界の終り」のほうの話が重要な部分だ。なぜなら、村上春樹が唯一、単行本に収録していない作品に「街と、その不確かな壁」（「文學界」一九八〇年九月号）という中編小説があるのだが、『世界の終りとハードボイルド・ワンダーランド』の「世界の終り」のほうの物語は、この「街と、その不確かな壁」を基にして書き直された部分だからである。

そして、「世界の終り」の閉鎖系の世界だけでは、読んでいくのには少し困難が伴うかもしれないのだが、〈ピンクの娘〉は、この長編全体をリーダブルなものとする導き手となっているのである。

同様に『ノルウェイの森』でも、最後に死んでしまう、冥界に近い「直子」が村上春樹のデビュー以来のテーマを表す女性だが、閉じられた「直子」の世界だけでは、物語を読んでゆく歩みが停滞してしまう。活発で楽しい開放系「緑」の登場が、『ノルウェイの森』をリーダブルにし、大ベストセラーに導いているのだと思う。

つまり『世界の終りとハードボイルド・ワンダーランド』の〈ピンクの娘〉も『ノルウェイの森』の「緑」も物語の歩みを明るく楽しいものとするチアリーダーの役割を果たしている。

▽桃子の妹

物語を動かしていくことに対して、重要な役割を担う〈ピンクの娘〉と「緑」の存在に対して、村上春樹がたいへん自覚的だということも忘れてはいけないと思う。

第三章「螢」でも少し紹介したが、「緑」と「僕」が出会う場面で、「緑」が「緑色は好き?」と「僕」に訊く。それは、緑色のポロシャツを「僕」が着ていたからだ。

さらに「私ね、ミドリっていう名前なの。それなのに全然緑色が似合わないの。変でしょ。そんなのひどいと思わない? まるで呪われた人生じゃない、これじゃ。ねえ、私のお姉さん桃子っていうのよ。おかしくない?」と「緑」が言うのである。

「それでお姉さんはピンク似合う?」と「僕」が問うと「それがものすごくよく似合うの。ピンクを着るために生まれてきたような人ね。ふん、まったく不公平なんだから」と「緑」が言うのだ。つまり「緑」は『世界の終りとハードボイルド・ワンダーランド』の〈ピンクの娘〉「桃子」の妹なのだ。

「僕」が「春の熊くらい好きだよ」と「緑」に言う場面の少し前にも「緑」は姉の「モモちゃん」の話をしている。「物語」の中での〈ピンクの娘〉と「緑」の役割に、村上春樹はとても自覚的なのである。

▽ちりんちりん

村上春樹作品の中の「熊」の登場について、もう少し記そう。

『羊をめぐる冒険』(一九八二年)で「羊男」が「あまりうろうろすると熊に会うよ」「もしどうしても歩きまわりたいんなら、おいらみたいに腰にすずをつけるんだね」などと「僕」に忠告してくれたことを「羊男」の第十三章で紹介した。

そして、阪神大震災後の日本社会のことを描いた連作短編集『神の子どもたちはみな踊る』（二〇〇〇年）の冒頭の「UFOが釧路に降りる」にも、語り手の「小村」が「このあたりは熊（くま）は出ない？」と、釧路で出迎えてくれた女性たちに質問をする場面がある。

これに対して「シマオさん」という女性が、「熊」の面白い話をしてくれる。三年くらい前、短大に入った頃に、ひとつ年上の大学生と付き合っていた時の話だ。

その二人で秋にハイキングに行ったのだが、三日前にハイカーが「熊」に襲われて大怪我（おおけが）をしていたので、地元の人から風鈴くらいの大きさの鈴を渡されて、ちりんちりんと振って音を出しながら歩くように言われる。そうすれば「熊」にも〝人が来たな〟ってわかるから、出てこないという。「秋の熊は冬眠のために食料を集めているから、けっこう危険なの」と「シマオさん」は「小村」に話している。

そうやって、二人で「ちりんちりん」と山道を歩いていたのだが、彼のほうが急にセックスをしたくなる。その最中で「熊」に襲われたら怖いので、「私たちは片手で鈴を持って、それを振りながらセックスしたの。始めから終わりまでずっと。ちりんちりんって」と語るのだ。動物に襲われて、殺されるかもしれないという話なのだが、そこに「熊」がからむと、どこかユーモラスな感覚が漂うのである。

▽北海道とアイヌ文化

このように『羊をめぐる冒険』と「UFOが釧路に降りる」を並べてみると、「熊」は「北海道」と結びつき、さらに言うと、どこかでアイヌ文化と結びついている動物として、村上春樹作品の中にあるようにも感じられる。

『羊をめぐる冒険』は背中に星の印を持つ「羊」を探して、「僕」が北海道まで行く物語。その冒険の出発点となるのは「僕」と「相棒」が運営する事務所が製作した生命保険会社のPR誌に掲載された写真だった。「右翼の大物」である「先生」の第一秘書が「僕」らの事務所にやってきて、その写真が載ったPR誌の発行を即刻中止してほしいと〝希望〟するのだ。

その写真は「雲と山と羊と草原」が写った「北海道の平凡な風景写真」だが、「僕」がそれをあらためて見ると、「羊の群れと草原」の写真の草原がとぎれるあたりには北海道特有の巨大な白樺（しらかば）が写っている。それは「四頭の熊が同時に爪を研げそうなほどどっしりとした白樺だ」とある。村上春樹作品の中で「四」は「死」や「異界」「冥界」と繋（つな）がる数。羊を探すその旅が「異界」への旅であることを「四頭の熊」が示しているのだろう。

本書第一章「羊」でも紹介したように、「僕」が札幌から乗った列車の中で読む『十二滝町の歴史』というぶ厚い本によると、明治十三年に貧しい津軽の小作農たちを十二滝地区まで導いたのはアイヌ語で「月の満ち欠け」という意味の名前を持つアイヌ青年だった。

同地区まで辿（たど）りついた後もアイヌ青年は開拓民とともに残り、「冬期の野菜の採り方を教え、雪の防ぎ方を教え、凍結した川での魚の獲り方を教え、狼の罠（わな）の作り方を教え、冬眠前の熊の追い払い方を教え、風向きによる天候の変り方を教え、凍傷の防ぎ方を教え、熊笹の根のうまい焼き方を教え、針葉樹を一定の方向に切り倒すこつを教えた」と書かれている。

その「冬眠前の熊の追い払い方」とは「羊男」や「UFOが釧路に降りる」の「シマオさん」の語るように、「ちりんちりん」と鈴をつけて生活することかもしれない。

▽蜂蜜とりの名人

最後にもう一つ「熊」が登場する短編を紹介しよう。『神の子どもたちはみな踊る』の最後に収録されている「蜂蜜パイ」だ。この作品は「熊のまさきちは食べきれないほどたくさんの蜂蜜を手に入れたんで、それをバケツに入れ、山を下りて町に売りにいった。まさきちは蜂蜜とりの名人だった」と書き出されている。

「熊」の「まさきち」が登場する話は、地震への不安で眠れなくなった四歳の「沙羅」のために主人公の「淳平」（小説家）が即席で作ってあげるお話だ。

「沙羅」と彼女の母親「小夜子」と「淳平」の三人で動物園に行くと、お話の「まさきち」より大きな「ヒグマ」がいて、それは「とんきち」と名づけられる。「とんきち」は「鮭を捕るのだけはうまかった」が、言葉がしゃべれないから町に鮭を売りにいけない。この鮭を捕るのがうまい「熊」のイメージがある。「とんきち」にも「北海道」の「熊」のイメージがある。

そして、言葉がしゃべれないから町に鮭を売りにいけないという「とんきち」の余った鮭と「まさきち」の蜂蜜を交換すればいいんだよと、「沙羅」がお話の展開の提案をして、「とんきち」の鮭と「まさきち」の蜂蜜が交換されるようになり、二人は親友となる。

だがある日、青天の霹靂というか、川から鮭が消えてしまい、捕るものがなくなった「とんきち」は動物園に送られてしまう。

この不幸な結末に「もっとうまいやり方はなかったの？」と「小夜子」が「淳平」に問うている。

同短編の最後、「淳平」がお話のこんな結末を思いつく。「とんきち」は「まさきち」の集めた蜂蜜をつかって、蜂蜜パイを焼いてみると、それをおいしく作る才能があった。「まさきち」が「とんきち」の焼いた蜂蜜パイを町に持っていくと飛ぶように売れ、二人は山の中で幸福に暮らしたという結末である。

村上春樹にとって、春、冬眠から覚める「熊」は明るい春の到来のようにあるのだろう。そして阪神大震災後の世界を描いた『神の子どもたちはみな踊る』という連作短編集を『村上春樹の動物誌』という視点から読んでみると、同短編集は「ちりんちりん」という「熊」への鈴の音が鳴る「UFOが釧路に降りる」から始まっているし、最後は「熊」の焼いた蜂蜜パイが飛ぶように売れ、山の中で「まさきち」と「とんきち」が幸福に暮らしたという「蜂蜜パイ」で終わっている。「熊」は阪神大震災後の日本世界に対して、明るい春の到来を託された動物でもあるのだろう。

▽熊の宴会

終わりに、ちょっとだけの付け足し。熱烈な村上春樹ファンにはよく知られた「熊の宴会」という村上春樹語がある。その言葉の定義は次のようなものだ。

「ダイエットをまじめに実行しているのだけれど、ある夜中にふと気がゆるんで、なんか知らないうちにビールをぐびぐび飲んで、そのへんにあるものをぱくぱく馬鹿食いをして、朝になってそのすさまじい残骸を目にして、『ああ参ったなあ』と後悔する」というシチュエーションをひとことで表す言葉だ。

この「熊の宴会」にも、実に楽しい「熊」への愛情が満ちている。

ウナギ

第二十一章　小説を成立させる「第三者」
――ウナギ

　この章で述べる「ウナギ」は動物としての「ウナギ」ではなく、「鰻丼」「鰻重」の「ウナギ」なので、『村上春樹の動物誌』に加えていいものなのか、ちょっと疑問もある。どちらかと言えば『村上春樹の食物誌』というような本に入れるべきものなのかとも思うのだ。

　だが、「ウナギ」をめぐる対話が繰り返し出てくる『海辺のカフカ』(二〇〇二年)の論議は紹介に値するので、そのことを書いてみたい。

　この長編には、子どもの頃に記憶を失い、文字も読めなくなってしまった「ナカタさん」という初老の人物が出てくる。その「ナカタさん」は猫と話せる「猫探しの名人」。行方不明となった「ゴマ」という「猫」の捜索を頼まれて探し歩くところから、「ナカタさん」側の実際の時間が展開し始める。その頃、作品の主人公「僕」のほうは、高松の甲村記念図書館で、バートン版の『千夜一夜物語』を読んでいるので、「ナカタさん」が「猫」の「ゴマ」を探す行為は、物語の扉よ、「開け、ゴマ」ということなのかもしれない。

▽めいめい沈思黙考

　「ゴマ」を探す中で、初めに出会った「猫」に名前を尋ねると「名前は忘れた」という。「ナカタさん」は「それでは猫さんのことを、オオツカさんと呼んでよろしいでしょうか？」と言って「オオツカさん」とその猫を呼んでいく。

その「オオツカさん」に「ナカタさん」は弟が二人いることを語る。弟たちは「イトウチュウ」と「ツウサンショウ」で働いていて、「二人とも大きな家に住んで、ウナギを食べて」いるという。そして「ナカタさん」は都知事からの補助金を受けながら、東京都中野区野方の小さなアパートに住んでいるのだが、「知事さん」からの「ホジョ」のおかげで（「猫」を探し出した報酬も助けになっているようだが）「たまにはウナギを食べることもできます。ナカタはウナギが好きなのです」と「オオツカさん」に話している。

「ウナギはオレも好きだよ。ずっと昔に一回食べたきりで、どんな味だったかよく思い出せないけどな」と、「オオツカさん」が応えると、「はい。ウナギはとくにいいものです。ほかの食べ物とはちょっと違っております。世の中にはかわりのある食べ物もありますが、ウナギのかわりというのは、ナカタの知りますかぎりどこにもありません」と「ウナギ」のよさについて「ナカタさん」は語る。

さらに細見の美しい雌の「シャム猫・ミミ」（プッチーニの『ラ・ボエーム』の〈我が名はミミ〉から名づけられたようだ）と出会った際にも「ナカタさん」は自分の「ウナギ」好きを話すと、「猫」の「ミミ」は「わたくしもウナギは好物です。いつもいつも食べられるというものではありませんけれど」と言うのだ。

それに対して「まったくそのとおりです。いつもいつも食べられるというものではありません」と「ナカタさん」が応え、「それから二人はめいめいにウナギについて沈思黙考した。二人のあいだに、ウナギについて深く考えるだけの時間が流れた」と『海辺のカフカ』に記されている。

この「ウナギ」について「沈思黙考」する

「ナカタさん」と「猫」の「ミミ」の姿が、何とも不思議に、印象強く残る光景である。

▽ひとつの立派な意見

『海辺のカフカ』の「ウナギ」をめぐる会話は、これで終わりではない。猫殺しの「ジョニー・ウォーカー」をナイフで殺してから、「猫」と話す力を失った「ナカタさん」は、車をヒッチハイクして、東京から四国・高松に向かうのだが、その途中、「ハギタさん」という鮮魚を運送する冷凍トラックの運転手に東名高速道路を富士川まで乗せてもらう。

「ハギタさん」から「魚臭いけどいいか」と聞かれるので「魚はナカタの好物であります」と「ナカタさん」が答えると、「ハギタさん」は「あんたちょっと変わってるな」、さらに「俺は変わった人間って、好きだよ」と言うのだ。「こんな世の中で普通の顔をして、まともに生きていけるようなやつは、かえって信用できねえもんな」「それが俺の意見だ」と話すのである。

これに応えて「ナカタには意見というものはあまりありません。ウナギは好きですが」と「ナカタさん」が言うと、「それもひとつの意見だ」「ウナギが好きというのもひとつの立派な意見だ」と「ハギタさん」は言うのだった。

▽それもまた関係性だ

さらに「ハギタさん」は「ナカタさん、あんたこれからこの世界はどうなると思うね？」と訊いてくる。「申し訳ありませんが、ナカタは頭が悪いので、そういうことは皆目わからないのです」と「ナカタさん」は答えるが、「自分の意見をもつのと、頭のいい悪いはべつのことだよ」と「ハギタさん」は加えてきた。

「しかしハギタさん、頭が悪いと、そもそもものを考えることができません」と「ナカタさん」が応えるのだが、「ハギタさん」は「しかしあんたはウナギが好きだ、そうだよな」と言う。

だから「はい、ナカタはウナギが好物でありますす」と述べると「それが関係性というものなんだ」と「ハギタさん」は語るのだ。

さらに「ナカタさんは親子丼は好きかい？」「はい。親子丼もナカタの好物であります」というやりとりがあって「それもまた関係性だ」とハギタさんが指摘している。

「そういう風に関係性がひとつひとつ集まると、そこに自然に意味というものが生まれる。関係性がたくさん集まると、その意味もいっそう深くなる。ウナギでも親子丼でも焼き魚定食でも、なんでもいいんだ。わかるかい？」

これに対して、「よくわかりません」とナカタさんが反応しているが、読者のほうも……、どういう意味だろうか……と、考えさせる二人の対話となっている。

▽小説は三者協議

これは、村上春樹が言う「三者協議」論というものではないかと思う。アメリカ文学者の柴田元幸が村上春樹らに取材した『ナイン・インタビューズ　柴田元幸と9人の作家たち』（二〇〇四年）という本があるが、その中で「小説というのは三者協議じゃなくちゃいけない」という考えを村上春樹は示している。さらに「三者協議。僕は『うなぎ説』というのを持っているんです」と語っている。

つまり「僕という書き手がいて、読者がいますね。でもその二人でだけじゃ、小説というのは成立しないんですよ。そこにはうなぎが必要なんですよ。うなぎなるもの」と述べている。

「僕とうなぎと読者で、3人で膝をつき合わせて、いろいろと話し合うわけですよ。そうすると、小説というものがうまく立ち上がってくるんです」と言うのである。

三人いると、二人でわからなければ「じゃあ、ちょっとうなぎに訊いてみようか」ということになる。するとうなぎが答えてくれるが、おかげで謎が深まったりするという。

▽牡蠣フライ理論

村上春樹の「うなぎ」の「三者協議」論に似たような論としては「牡蠣フライ」についての論もある。

村上春樹は「鰻丼」「鰻重」などウナギが好きだが、牡蠣フライも大好き。二〇一五年七月に刊行された『村上さんのところ』という読者との大量なメールのやりとりの中から精選したものを収録した単行本にはこんな応答がある。

「一番嬉しい日替り定食は何ですか？」との質問（女性、31歳、飲食業）に、村上春樹は「『たぶん牡蠣フライ＋あじフライ定食（キャベツ大盛り）あさりの味噌汁つき』だと思います。お腹がすいてきたな、なんか」と答えている。

ここで、その牡蠣フライ理論まで紹介すると、ますます『村上春樹の食物誌』となってしまうが、これも村上春樹文学のわかりやすい説明となっているので、記してみよう。

牡蠣フライと文学に関する文章では『村上春樹 雑文集』（二〇一一年）の「前書き」に続いて冒頭に収録された「自己とは何か（あるいはおいしい牡蠣フライの食べ方）」がある。

その中で村上春樹は「『自分とは何か？』という問いかけは、小説家にとっては――というか少なくとも僕にとっては――ほとんど意味を持たない。それは小説家にとってあまりにも自明な問いかけだからだ。我々はその『自分とは何か？』という問いかけを、別の総合的なかたちに（つまり物語のかたちに）置き換えていくことを日常の仕事にしている」と述べている。

▽相関関係や距離感

さらに、しばらく前にインターネットで、読者から「先日就職試験を受けたのですが、そこで『原稿用紙四枚以内（村上註：だったと思う）で、自分自身について説明しなさい』という問題が出ました。僕はとても原稿用紙四枚で自分自身を説明することなんてできませんでした。そんなことできっこないですよね。もしそんな問題を出されたら、村上さんはどうしますか？　プロの作家にはそういうこともできるのでしょうか？」というメールを受け取ったという村上春樹の返事は次のようなものだった。

「こんにちは。原稿用紙四枚以内で自分自身を説明するのはほとんど不可能に近いですね。おっしゃるとおりです。それはどちらかというと意味のない設問のように僕には思えます。ただ、自分自身について書くのは不可能であっても、たとえば牡蠣フライについて原稿用紙四枚以内で書くことは可能ですよね。だったら牡蠣フライについて書かれてみてはいかがでしょう」

村上春樹はそう提案して、次のような「牡蠣フライ理論」を展開している。つまり「あなたが牡蠣フライについて書くことで、そこにはあなたと牡蠣フライとのあいだの相関関係や距離感が、自動的に表現されることになります。すなわち、突き詰めていけば、あなた自身について書くことでもあります。それが僕のいわゆる『牡蠣フライ理論』です」。

さらに、それは別に牡蠣フライでなくてはいけないことはなく、メンチカツでも、海老コロッケでも、トヨタ・カローラでも、青山通りでも、レオナルド・ディカプリオでも、なんでもいいと記している。本章の関連で言えば、「ウナギ」でもいいのだ。

▽眠り込んでいる猫たちを

「小説家とは世界中の牡蠣フライについて、どこまでも詳細に書きつづける人間のことである。自分とは何ぞや？　そう思うまもなく（そんなことを考えている暇もなく）、僕らは牡蠣フライやメンチカツや海老コロッケについて文章を書き続ける。そしてそれらの事象・事物と自分自身とのあいだに存在する距離や方向を、データとして積み重ねていく。多くを観察し、わずかしか判断を下さない。それが僕の言う『仮説』のおおよその意味だ。そしてそれらの仮説が——積み重ねられた猫たちが——発熱して、そうすることで物語というヴィークル（乗り物）が自然に動き始めるわけだ」

そのように村上春樹は書いている。ここにある「仮説」と「猫」についての言葉は「自己とは何か（あるいはおいしい牡蠣フライの食べ方）」の冒頭近くに、こんな文章があるからだ。

「良き物語を作るために小説家がなすべきことは、ごく簡単に言ってしまえば、結論を用意することではなく、仮説をただ丹念に積み重ねていくことだ。我々はそれらの仮説を、まるで眠っている猫を手にとるときのように、そっと持ち上げて運び（僕は『仮説』という言葉を使うたびに、いつもぐっすり眠り込んでいる猫たちの姿を思い浮かべる。温かく柔らかく湿った、意識のない猫）、物語というささやかな広場の真ん中に、ひとつまたひとつと積み上げていく。どれくらい有効に正しく猫＝仮説を選びとり、どれくらい自然に巧みにそれを積み上げていけるか、それが小説家の力量になる」

この「ぐっすり眠り込んでいる猫たち」「温

かく柔らかく湿った、意識のない猫」を、そっと持ち上げて運び、物語という広場の真ん中に、ひとつひとつ積み上げていくのが小説家であるという言葉はなかなか素敵だと思う。

この文章は二〇〇一年四月刊行の大庭健『私という迷宮』の解説として書かれた。『海辺のカフカ』は二〇〇二年九月に刊行されているので、この長編を構想中、あるいは執筆中かもしれない時期。もしかすると「ナカタさん」が話かける「猫」たちとの対話と、「猫＝仮説」の考えが関係しているかもしれない。

▽共有されたオルターエゴ

『村上春樹　雑文集』は二〇一一年三月十一日に東日本大震災が起きる前、同年一月三十日の刊行。村上春樹は二〇一五年十一月二十九日に同大震災の被災地である福島県郡山市で開かれた文学イベントにゲストとして登場。自らの創作について、好物の牡蠣フライを一人で揚げて食べることにたとえて「本当に孤独な作業だが、誰に頼まれて書いているわけでもなく、苦情の持っていきようがない。『一人牡蠣フライ』に似ている」と話している。私はこのイベントを取材していないが、「三者協議」の「牡蠣フライ理論」について語ったのではないだろうか。

この文学イベントには柴田元幸も参加しているので、『ナイン・インタビューズ　柴田元幸と9人の作家たち』から村上春樹の「うなぎ」に関する部分をもう少しだけ紹介して、この章を終わりにしたい。

村上春樹は、第三者として設定された「うなぎ」について、「それは共有されたオルターエゴのようなものかもしれない」と語っている。オルターエゴとは、第二の自我、別な自己、分身という意味だ。デビュー作『風の歌を聴け』

（一九七九年）の「鼠」も「僕」の分身的な友人。「うなぎ」も共有された分身だという考えに従えば、村上春樹の小説に出てくる人や動物たちすべてが分身ということかもしれない。

そんな分身たちによる関係の対話が積み重ねられていくこと。村上春樹作品の要諦が、それらによる「三者協議」であることをしっかり心に刻みたい。

猿

第二十二章　心の暗闇の中での本当の導き手――猿

『1Q84』（二〇〇九年、二〇一〇年）が発表された時、漫画やアニメなどのエンターテインメントの世界まで持ち込んで書く村上春樹の姿が指摘された。具体的には、ほうれん草を好んで食べる「ブン」というドイツ・シェパード犬の登場に「ポパイ」との呼応を考える人たち、あるいは女殺し屋である主人公「青豆」を助け、彼女の活躍を陰で支え続ける「タマル（田丸）」に忍者の「影丸」の姿などを考える読者たちもいた。

でも漫画やアニメの一場面を思わせるなら、『風の歌を聴け』（一九七九年）にこんなところがある。「僕」が「鼠」と初めて出会った際、「鼠」の車であるフィアット600に乗って、酔っ払い運転で「猿の檻」のある公園の垣根を突き破り、石柱に車をぶつける場面だ。

衝突のショックから「僕」が醒め、壊れたドアを蹴とばして外に出ると、フィアットのボンネット・カバーは十メートルばかり「猿」の檻の前にまで吹き飛び、車の鼻先はちょうど石柱の形にへこんで、突然眠りから叩き起こされた「猿」たちはひどく腹を立てていた。

「僕」は車の屋根によじのぼり、天窓から運転席をのぞきこんで、「大丈夫かい？」と声をかける。「引っぱり上げてくれ」と「鼠」は言う。

「鼠」はおもむろに「僕」の手をつかんで車の屋根によじのぼった。「僕」たちはフィアットの屋根に並んで腰を下ろしたまま、白み始めた空を見上げ、黙って何本か煙草を吸った。

▽弾むような文章

「僕は何故かリチャード・バートンの主演した戦車映画を思い出した」と村上春樹は書いているが、私（筆者）は、モンキー・パンチの『ルパン三世』を思いだした。どんな難局に遭遇しても、いつも運よく、無事に切り抜ける。この場面の村上春樹の文章は、弾むような漫画的、アニメ的なものになっている。そして『ルパン三世』はベンツをはじめ多くの車に乗っているが、フィアット500も愛用車の一つだ。「鼠」が持っている車はフィアット600だが、何しろ、「猿の檻」に突っ込みそうになる自動車事故なのだ。他の人も考えるだろうが、モンキー・パンチの『ルパン三世』のことを思っても、それほど突飛でもないかと思う。

「鼠」も「ねえ、俺たちはツイてるよ」「見てみなよ。怪我ひとつない。信じられるかい？」と「僕」に言っている。

もっとも、フィアット500に乗る『ルパン三世』と言えば、アニメ『カリオストロの城』かと思うが、それよりも『風の歌を聴け』の刊行のほうが先なので、もし『ルパン三世』を意識した場面だとしても、村上春樹はテレビや漫画で既に『ルパン三世』を知っていたということだと思う。

「猿の檻のある公園」は実在の公園で、この公園のことは『風の歌を聴け』の中にもう一度出てくるが、実際に訪れてみると、それは少年時代に村上春樹が通い詰めた図書館（現・芦屋市立図書館打出分室）に隣接してあった。私が訪れた二〇〇八年には檻だけが残され、「猿」はもういなかった。

▽自分の名前が思い出せない

「猿」が活躍する村上春樹の小説で代表的な作品は短編集『東京奇譚集』（二〇〇五年）に

収録された「品川猿」と、もう一つは二〇二〇年に刊行された短編集『一人称単数』の「品川猿の告白」だろう。二つとも〈名前を盗む猿〉が共通して登場する。

「品川猿」のほうから紹介すると、これは「ときどき自分の名前が思い出せなくなった」女性の物語だ。結婚後の名は「安藤みずき」、結婚前は「大沢みずき」。三十歳の夫は製薬会社勤務、二十六歳の自分は都内の自動車販売店で旧姓のまま働いている。その「みずき」が、名前忘れの原因を追究していく話だ。

品川区の「心の悩み相談室」のカウンセラーに相談するうちに、寮生活をしていた高校三年生の時、「松中優子」という二年生が自分の名札を預かってくれと言ってきたことを思い出す。

在寮時は黒字で書かれた側の名札をボードに掛け、不在時は裏返して赤字側にしておく。そして、名札を「みずき」に預けていった「松中優子」はそのまま自殺をしてしまったのだ。

そんなことを思い出した「みずき」が、結婚後も自分の名札と一緒にしまってあったはずの「松中優子」の名札を捜すが両方とも見つからなかった。そしてある日、カウンセラーの「坂木哲子」が、名前忘れの原因を特定し、それを見せてあげられるかもしれないと言う。次に相談にいくと、見つからなかった「松中優子」と自分の二つの名札が机に並べられたのだ。

▽本当に好きな人が

犯人は「猿」だった。その猿は「わたしは名前をとる猿なのです」と言う。「心を惹かれる名前」があると、その家に忍び込んで、名前を盗むのだ。

その「猿」は、身も世もなく「松中優子」に焦がれていて、寮で名札を盗もうとしたが、それを果たす前に彼女は自殺してしまった。そして、時がたち、「みずき」の品川区内のマンションから二人の名札を盗み出していったのだ。

以上のことは、どんなことを示しているのだろう。自殺してしまった「松中優子」が、名札を渡す際、「みずきさんはこれまで、嫉妬の感情というものを経験したことがありますか？」と質問する。それに対して「みずき」は「ないと思う」と答えている。

「たとえばみずきさんが本当に好きな人が、みずきさんではない別の誰かのことを好きになったとか、たとえばみずきさんがどうしても手に入れたいと思っているものを、誰か別の人が簡単に手に入れてしまったとか、たとえばみずきさんが『こんなことができればいいのに』と願っていることを、ほかの誰かが軽々となんの苦労もなくやってのけるとか……そういうようなことで」

そのように聞かれても「そういうことって、私にはなかったような気がする」と「みずき」は答えている。「ユッコにはそういうことがあるの？」と逆に問うと「いっぱいあります」と「松中優子」は答えるのだ。そして「松中優子」は自死している。

ここは村上春樹独特の「反転的記述法」で描かれているので、作品の意図を受け取ることが簡単ではないが、抱え込んだ深い嫉妬の感情にとらわれて、深い闇の中で、自分を保てなくなった「松中優子」は死に、嫉妬の感情を抱かない「みずき」は生き残ったが、それで十分幸せかというと、決してそうではない。その「みずき」は「ときどき自分の名前が思い出せなくなった」という点を押さえておくことが大切だと思う。

「みずき」が相談に行くと、カウンセラーの

「坂木哲子」の「穏やかな声には、深い本物の関心が感じ取れた。退屈の色はまったくうかがえない」とある。「これまで、私の話にこれくらい真剣に耳を傾けてくれた人はほかにいなかったような気がする。一時間を少し超える面談が終了したとき、背中にのしかかっていたものがいくらか軽減されたという実感があった」と村上春樹は書いている。

▽深く愛していない

物語の最後に捕まった犯人の「猿」が「みずき」にこんなことを言う。みずきの母は「みずき」を愛したことは一度もない。「みずき」は誰からも十分愛されることはなかった。そのせいもあって、「みずき」は誰かを真剣に、無条件で心から愛することができなくなってしまった。だから「みずき」には「嫉妬の感情」もないのだ。

幸福な結婚生活に見えるが「あなたはご主人を深く愛してはおられない」とまで「猿」が断言する。それに対して「みずき」は「このお猿さんの言うとおりです。そのことは私にもずっとわかっていました」と同意するのだ。

つまり「みずき」は自分の人生と真剣に向き合うことなく生きてきた人だった。その彼女が自分と向き合い、名前を取り戻していくのだ。自分の人生に向き合うとは、自分と自分の周囲に深い関心を寄せて生きていくことだ。

村上春樹の名前に対するこだわりは、デビュー以来、一貫したものであることを本書はずっと書いているが、この作品は「名前を盗む猿」を媒介にして、「名前」と「人生」の問題に向き合った小説なのである。

「品川猿」の「猿」の潜伏先は地下の下水道だった。地下に潜む「猿」は「みずき」が心の暗闇の底に潜む自分の問題と本当に向き合うことへの導き手として作中にあるようだ。「品川猿」の「猿」は捕獲後、高尾山に放たれている。

▽人間の言葉がしゃべれるんだ

そして「品川猿の告白」のほうは、一人旅をしていた「僕」が群馬県のM＊温泉の小さな旅館で、年老いた「猿」と出会い、「猿」の告白を聴く話である。

宿の温泉に「僕」がひとり入っていると、「猿」がガラス戸をがらがらと開けて風呂場に入ってくる。その「猿」が「お湯の具合はいかがでしょうか?」と話しかけてきて、「とても良いよ。ありがとう」と「僕」が答える。さらに「背中をお流ししましょうか?」と「猿」が言い、また「ありがとう」と「僕」は応じていく。

村上春樹作品では人と動物が会話をするのは普通なことなので、すらすらと読んでしまうが、もし村上春樹作品を初めて読む読者が、この「品川猿の告白」を読むと、いきなりの人と動物の会話で少し戸惑う人もいるかもしれない。

だからだろうか、「君は人間の言葉がしゃべれるんだ?」と「僕」も聞いているし、はきはきと「猿」は「はい」と答えてもいる。「小さい頃から人間に飼われておりまして、そのうちに言葉も覚えてしまいました」と言う。かなり長く、東京の品川区で暮らしていたようなので、「品川猿」の老いた姿か、あるいは同類の「猿」か……。そんな設定なのである。

風呂で「僕」の背中を流してくれた「猿」が、僕の部屋にやってきて「我々は薄い座布団の上に並んで座り、壁に背中をもたせかけて、横並びでビールを飲む。酒のつまみは「さきイカと柿ピー」だ。そこで「猿」が自らの孤独さを話す。猿なのに、雌の猿が相手では性欲がそそられず、「人間の女性にしか恋情を抱けない体質になってしまった」と言う。その果てに「好きになった女性の名前を盗むようになった」と告白するのだ。

その行為は、この「猿」が生きていくための「熱源」なのだ。どんな人間にも生きていくためには「熱源」がなくてはならないが、考えてみると、村上春樹が記すように、「品川猿の告白」の「猿」が抱えた心の姿は、確かに「究極の恋愛」と、同時に「究極の孤独」である。

そして、ここで考えてみたいのは、先行作品の「品川猿」で名札を盗んだ「猿」がなぜ「みずき」に対して、幸福な結婚生活に見えるが「あなたはご主人を深く愛してはおられない」とまで言い得たかということである。

それは「品川猿」が本当に「松中優子」を好きだったからだろう。本当に好きなものを求める者からしたら、本当には何も求めてはいない人の心は一目瞭然ということではないだろうか。

▽「荒磯の間」なんてね

「品川猿の告白」には、別な観点から一つだけ記しておきたいことがある。語り手の「僕」は山の中の旅館に泊まっているが、その部屋の名前は「荒磯の間」。「『しかしなんだかおかしなものですね。こんな山の中にあるのに「荒磯の間」なんてね。ふふふ』と言って猿はおかしそうに笑った。猿が笑うのを目にするのは、それが生まれて初めてだった」とある。さらに「どうして『荒磯の間』なんて名前がついているのか、僕にもさっぱりわけがわからなかった」と村上春樹は書いている。

これは〈「荒磯の間」とは何か〉を読者も考えてほしいと、村上春樹が要請している場面かなとも思う。この章の最後に、山の中なのにどうして「荒磯の間」なのか、それを私なりに考えてみたい。

前述したように、風呂を出た後、「僕」と「猿」は「薄い座布団の上に並んで座り、壁に背中をもたせかけ」て、横並びでビールを飲む。酒のつまみは「さきイカと柿ピー」と記されている。

デビュー作『風の歌を聴け』には「ジェイズ・バー」のカウンターで「僕」と「鼠」がビールを飲み干す場面がある。「一夏中かけて、僕と鼠はまるで何かに取り憑かれたように25メートル・プール一杯分ばかりのビールを飲み干し、『ジェイズ・バー』の床いっぱいに5センチの厚さにピーナツの殻をまきちらした」のだ。

その「ジェイズ・バー」のカウンターには、一枚の版画がかかっていて、その図柄は「僕には向かいあって座った二匹の緑色の猿が空気の抜けかけた二つのテニス・ボールを投げあっているように見えた」とも記されている。

その『風の歌を聴け』で「僕」と「鼠」が「ジェイズ・バー」のカウンターで、ピーナツをつまみに横並びでビールを飲んでいるから、「品川猿の告白」の「僕」と「猿」は横並びになって「さきイカと柿ピー」をつまみにビールを飲んでいるのではないだろうか。

▽異様なばかりの生命力が

章のはじめに紹介したように『風の歌を聴け』の「僕」と「鼠」は、酔っ払い運転でフィアット600が「猿の檻」のある公園の垣根を突き破った。その事故の後、二人が自動販売機で缶ビールを半ダースばかり買って、海まで歩き、砂浜に寝転んで、それらを全部飲み、海を眺める場面がある。その時「俺のことは鼠って呼んでくれ」と「鼠」が「僕」に言うのだ。

そして「僕たち」は堤防にもたれ、一時間ばかり眠るのだが「目が覚めた時、一種異様なばかりの生命力が僕の体中にみなぎっていた。不思議な気分だった」。「100キロだって走れる」と「僕」は「鼠」に言い、「俺もさ」と「鼠」も同意している。このように村上春樹にとって、「海」は「再生」のエネルギーの源なのだ。

「山の中にある」温泉宿の部屋に「荒磯の間」という名前がついているのは、『風の歌を聴け』の「僕」と「鼠」が「海」の堤防にもたれている場面と関係があるのではないだろうか。そのエネルギーの源である「海辺」が、今は「荒磯」となっているという意味ではないだろうか。そして、あえて言えば、「僕」が宿泊する部屋へ「荒磯の間」と名づけたことに、村上春樹の現実世界に対する危機感のようなものを私は感じる。

でも、村上春樹は、たとえ危機感があるにしても、ダイレクトには書かず、ユーモアに包んで「なんだかおかしなものですね。こんな山の中にあるのに『荒磯の間』なんてね。ふふふ」と書いている。ここに村上春樹らしい危機感の表現があると思う。

いるか

第二十三章　君はどこに、いるか？
――いるか

　村上春樹の『羊をめぐる冒険』（一九八二年）に「いるかホテル」というホテルが出てくる。

　『羊をめぐる冒険』は「僕」と耳のモデルなどをしている女の子が、背に星の印を持つ「羊」を北海道まで探しに行く物語。それは「僕」の友人の「鼠」を探す旅でもあった。飛行機で北海道まで行った二人は、札幌で映画を観る。

　二人の前方の席では中年の男が霧笛のようなもの哀しいいびきをかきつづけていた。後方で誰かが巨大な音のおならをした。中年男のいびきが一瞬止まるくらいの巨大なおならだった。女子高校生の二人づれがくすくす笑った。

　「僕」は東京に残してきた猫の「いわし」のことを反射的に思い出す。「いわし」は「年のせいで一日に二十回はおならをする」からだ。でも、そのうちに「僕」は眠ってしまう。「夢の中に緑色の悪魔が出てきた」ようだ。

▽いるかホテル

　その映画館を出て、レストランで夕食をとり、「そろそろ泊まる場所を決めなくちゃね」と「僕」が話すと、「彼女」は「泊まる場所についてはイメージができてるの」と言うのだ。そこで、店のウェイターに持ってきてもらった職業別電話帳で片っ端からホテル名を「僕」が読み上げていくと「それがいいわ」「今最後に読んだホテルよ」と「彼女」が言う。

　「ドルフィン・ホテル」と「僕」が言うと、

「どういう意味」と「彼女」が質問するので「いるかホテル」と説明する。そして彼女は「そこに泊まることにするわ」「それ以外に泊まるべきホテルはないような気がするの」と告げるのだった。

つまり「いるかホテル」の正式名称は「ドルフィン・ホテル」で、それを「僕」と「彼女」は「いるかホテル」と呼んでいるのである。その五階建ての「いるかホテル」は「これほど個性がないホテルもまたとはあるまいと思えるくらい無個性なホテル」だ。でも『羊をめぐる冒険』の文庫版下巻冒頭の第七章は「いるかホテルの冒険」と題されているように、大切な思いが託されたと思われるホテル名なのである。

「ドルフィン・ホテル」の名は、このホテルの支配人がメルヴィルの小説『白鯨』が好きで、同作に「いるか」が出てくるシーンがあったからだという。支配人は「小さい頃から船乗りになろうと思っていた」が、貨物船の積荷を下ろしているうちにウィンチに巻き込まれてしまって、左手の小指と中指の第二関節から先を失ってしまった。

▽気をつけてな

この「ホテル」を経営して十年。十年にしては風格のある建物なので、そのことを「僕」が尋ねると、戦後すぐの建物で、「北海道緬羊会館」という名で、緬羊に関するさまざまな事務と資料に扱っていたが、北海道内の緬羊事業の不振もあって、昭和四十二年（一九六七年）に閉館したのだという。その時に館長をしていたのが支配人の父親だったが、緬羊に関する資料を保存するという条件で、この建物と土地を比較的安い値段で協会から払い下げてもらった。だから、建物の二階は全部緬羊資料室になっていて、それ以外の部分をホテルとして使用している。

このことは冒頭の「羊」の章でも少し紹介したが、その支配人の父親が同作の中で「羊博士」と呼ばれる人物で、「羊博士」から「僕」と「彼女」は、背に星の印を持つ「羊」のいる牧場を教えてもらい、十二滝町へ向かうという展開になっている。「羊博士」が「僕」に、こう忠告する。

「本当のことを言えばあの羊にはこれ以上関らん方が良いと私は思う。私がその良い例だ。あの羊に関って幸福になれた人間は誰もいない。何故なら羊の存在の前では一個の人間の価値観など何の力も持ち得ないからだ。しかしまあ、君にもいろいろと事情があるんだろう」

「そのとおりです」と答える「僕」に「気をつけてな」と「羊博士」は言うのだ。こうやって、本書の最初に記したような『羊をめぐる冒険』つまり「日本近代をめぐる冒険」が本格的に始まる。「羊の存在の前では一個の人間の価値観など何の力も持ち得ない」という「羊」とは、やはり「近代日本の社会システム」を意味しているということなのだろう。

▽新月の夜

北海道に渡って本格的に始まる『羊をめぐる冒険』(「日本近代をめぐる冒険」)への入り口となるホテルになぜ「いるかホテル」と名づけられているのだろう。それはまず、村上春樹にとって、再生の源である「海」の生物だということがあるのではないかと思う。「いるかホテル」の支配人が船乗りの人生を望んでいたことなど、「海」との関係が直接記されているのだ。

でもここでは、それとは別角度から、村上春樹作品における「いるか」と「海」との関係について、私の考えを記してみたい。

『羊をめぐる冒険』以外に「いるか」が登場

する作品に「図書館奇譚」がある。これはPR誌「トレフル」の一九八二年六月号から十一月号にかけて掲載されたもので、『羊をめぐる冒険』とほぼ同時期に書かれている。

二〇一四年に刊行された単行本版の『図書館奇譚』から紹介してみると、図書館の地下に軟禁された「ぼく」が、その奥深い世界で体験する恐怖を経て、図書館を脱出するまでの物語。その図書館の地下に閉じ込められた「ぼく」が図書館を脱出する前、言葉を口ではなく、手まねで話す美少女が〈新月の夜が来れば〉と言う。

その「新月の夜は目のないいるかみたいにそっとやって来た」と同作に記されている。闇夜の「新月の夜」に「ぼく」は異界である図書館の地下から脱出するのだが、同作には『羊をめぐる冒険』にも出てくる「羊男」が登場して、「今晩ここから逃げ出すんだって」と「ぼく」に話しかけている。そして「羊男」と「ぼく」が一緒に図書館の外に脱出するのだ。つまり『図書館奇譚』は「いるか」と闇夜の「新月」の関係性を比喩の中に村上春樹が示している作品なのである。

▽「月の満ち欠け」

『羊をめぐる冒険』で「月」と関係した人物は、明治十三年（一八八〇年）に貧しい津軽の小作農たちを十二滝地区まで導いた、アイヌ語で「月の満ち欠け」という意味の名前を持つアイヌ青年だ。十二滝地区の牧場の責任者となったアイヌ青年の長男は日露戦争で「羊毛の軍用外套を着て死んでいた」。自分たちが育てた羊の防寒具を着て戦い、亡くなっている。

この日露戦争の戦死者であるアイヌ青年の長男の姿が「羊男」と重なっているし、「僕」の分身的な友人「鼠」とも重なっている。つまり

「月の満ち欠け」と「羊男」は繋がっているということではないだろうか。

その「月の満ち欠け」も「新月」も両方とも海の漁業と強い関係をもっている。潮汐は月と太陽の引力に地球上の海水が引き寄せられることによる海面の昇降現象だが、新月の三日から四日間が大潮であるし、満月の三日から四日間も大潮となる。

そして大潮では干潮・満潮の水面の高さの差が最も大きくなるので潮流も強く、魚など海中生物の活動も多く、漁業に向いていると言われている。このように『図書館奇譚』の「目のないいるかみたい」な暗闇の「新月」や『羊をめぐる冒険』の「いるかホテル」、そして「月の満ち欠け」という名を持つアイヌ青年は、村上春樹作品の再生の源である「海」の力で繋がっているのではないかと、私は考えている。

この「月の満ち欠け」と「新月」との考察は少し唐突な感じを抱く読者もいるかもしれない。しかし『一人称単数』（二〇二〇年）の「ウィズ・ザ・ビートルズ With the Beatles」の中で、「僕」が読んでいる「現代国語」の副読本には各抜粋文の後に「設問」がついていて、中には「月の満ち欠けについて作者がこのように描写するとき、それはどんな象徴的効果を生んでいるでしょう？」との設問もついていて、村上春樹が「月の満ち欠け」の意味を考えることを要請している。一読者として、今回それに応じてみたのだ。

加えておけば、『ねじまき鳥クロニクル』（一九九四年、一九九五年）の冒頭近くにも「月の満ち欠け」のことが出てくる。「僕」の妻「クミコ」の生理と「月の満ち欠け」の周期との規則正しい関連が記されたり、「馬」が「満月のたびにいっぱい死ぬ」ことを「僕」が「クミコ」に話したりしている。その時、「クミコ」

は妊娠していたのだが、「僕」が札幌出張中に「クミコ」は一人で堕胎の手術を受けてしまう。
「あなたがいないときに私一人で決めて済ませてしまった方がお互いに楽なんじゃないかと思ったのよ」と「クミコ」は北海道にいる「僕」に電話で事後報告している。そんな〈楽な効率性を優先した〉夫婦が、どうやったら「再生」できるのかということを考えた物語である。

生命を産む「母」と「海」の関係は深い。堕胎という「死」と、そこからの「再生」の物語に「月の満ち欠け」という「海」の力が関わっているのではないかと考えている。

▽**漁師たちの小屋**

ちなみに『1973年のピンボール』（一九八〇年）には「僕」と「鼠」の街の浜辺に三軒ばかりの漁師が暮らしていたことが記されている。だが、浜に魚もいなくなったことや住宅都市に漁村があることが好ましくないとの住民の要望、そして漁師たちが浜辺に建てた家が市有地の不法占拠であったとの三つ理由によって、漁師たちが一九六二年にこの地を去っていったという。

同作で「鼠」がつきあっていて、うまく関係が進んでいかない女が暮らしているアパートは、かつてこの漁師たちの小屋があったあたりに建っている。本来「海」の力を感じて生きているはずの「鼠」と、漁師たちの小屋をつぶして建てた土地に住む女の関係はうまく進まないものなのだろう。村上春樹の作品は、このように「海」の力をどこまでも深く意識した物語である。それを象徴するような「いるかホテル」なのだ。

▽二重の「四」の世界

「よくいるかホテルの夢を見る」。『羊をめぐる冒険』の続編的な長編『ダンス・ダンス・ダンス』（一九八八年）は、そう書き出されている。でもよく見ると『羊をめぐる冒険』では「いるかホテル」と傍点が記されていたホテル名から傍点のない「いるかホテル」に変わっている。

『ダンス・ダンス・ダンス』の時代設定は一九八三年の日本。この長編の発表は一九八八年なので、高度資本主義社会となった一九八〇年代の日本の姿を、村上春樹が同じ時代を生きながら考えた同時代小説だが、その変更に何が込められているのか、その点を考えてみたい。

「いるかホテル」は、かつての五階建ての「いるかホテル」から二十六階建ての巨大ビルディングに変貌していた。「新・いるかホテル」は以前のドルフィン・ホテルの土地を買い上げて、その跡に建てたもので、名前は同じだが、経営的にはまったく別のホテルだという。名前が同じ理由も以前のホテルの主人の行方も知らないと「新・いるかホテル」の男は話している。

でも「新・いるかホテル」の十六階の真っ暗な闇の世界には「羊男」がすんでいて、その十六階の闇の中で「僕」が「羊男」と再会する場面がある。

村上春樹にとって「四」という数字は「死」や「異界」を表す数字だが、「十六」は「四」（死）と「四」（異界）が掛け合わされた数である。『ダンス・ダンス・ダンス』の「十六階」の闇の中に住む「羊男」は、つまり二重の「四」（死）の世界の中にある存在だ。

村上春樹の永遠のヒーローである「羊男」は日露戦争の死者の姿と重ねられた戦争忌避者。「羊男」の第十三章でも紹介したように、再会した「僕」に「じゃあ、まだ次の戦争は始まっていないんだね？」と尋ねている。戦争忌避者である「羊男」が地上から遥かに離れた異界に住まなくてはならない時代であることを、この十六階にいる「羊男」は示しているのだろう。

▽断絶と繫がり

『羊をめぐる冒険』の「いるかホテル」が『ダンス・ダンス・ダンス』では「いるかホテル」に変わったことには、日本社会の断絶が示されている。この作品が刊行された時にもインタビューしたことがあるのだが、日本社会の変化について「一九六〇年代末にすべての価値観が崩れ去り、七〇年代は新しい価値を模索する時代だった。八〇年代もやはり価値を模索するんだけれど、ゲームのルールがそれまでと変わってしまった感じで、この社会システムの中で、どう生き延びて、新しい価値観を確立していくかが主題」と語っていた。

「八〇年代はみんながジェットコースターに乗っているような時代」とも語っていた。途中では降りられない移動性の中で自分らしいダンスのステップを踏みながら、新しい世界との繫がりを模索する物語という意味だろう。

このように「いるかホテル」から「いるかホテル」への移行には〈名前が同じ理由も以前のホテルの主人の行方も知らない〉という「歴史」の断絶がある。だが一方で、経営的にはまったく別のホテルにもかかわらず、「いるかホテル」という同じ名前が引き継がれたということの中に、その十六階に「羊男」がすむように、「歴史」の繫がりと、「再生」への祈りのような願いが引き継がれていると考えることもできるだろう。

▽お茶目な遊び心

最後に「いるかホテル」について、少しだけ愉快な考えを記してみたい。

『羊をめぐる冒険』は「羊」や「鼠」を探す旅。その旅の最後に耳のモデルをしている女の子がいなくなってしまう。そして『ダンス・ダンス・ダンス』は、その消えた耳のモデルの女の子を探す物語だ。「いるかホテル」という呼び方には「君はどこに、いるか？」「自分はどこに、いるか？」という言葉遊びも含まれているのではないだろうか。

『ダンス・ダンス・ダンス』には「牧村拓（まきむらひらく）」という小説家が登場するのだが、この牧村拓のローマ字表記MAKIMURA・HIRAKUを並べ変えるとMURAKAMI・HARUKIとなる。つまり「牧村拓」は村上春樹のアナグラム。「牧村拓」とは著者の分身なのだ。

私が最初に村上春樹をインタビューした『世界の終りとハードボイルド・ワンダーランド』（一九八五年）の巻末に参考文献として、二冊の本が挙げてある。「バートランド・クーパー著　牧村拓訳『動物たちの考古学』三友館書房」と「ホルヘ・ルイス・ボルヘス著　柳瀬尚紀訳『幻獣辞典』晶文社」だ。

これらの本のことは同作の「ハードボイルド・ワンダーランド」のほうの話の中に登場する。ボルヘスの『幻獣辞典』はよく知られた本であり、私も持っている。でも「バートランド・クーパー著　牧村拓訳『動物たちの考古学』三友館書房」のほうはいくら調べても、書名も著者も訳者名もよくわからないものだ。正直、そんな本のことを調べてもみなかった。

『動物たちの考古学』の訳者である「牧村拓」が、村上春樹自身のことであるのに、そのお茶目な遊び心に誰も気づいてくれないので、『ダンス・ダンス・ダンス』で、今度は小説の登場人物として書いたのだ。こんな言葉遊びをしながら物語を進めていく小説家に、真摯なだけの、あるいは理論的なアプローチだけではとても接近できないと思っている。

魚

第二十四章　太古から神聖な生命の シンボル——魚

「明日の夕方は、お巡りさんはこのへんにおられますか?」。村上春樹の『海辺のカフカ』(二〇〇二年)に初老の「ナカタさん」が東京都中野区野方の商店街近くの交番で若い警官にそう話しかける場面がある。

「いるよ」と応える警官に、さらに「ナカタさん」は「もし空が晴れておりましても、念のために傘をお持ちになった方がいいです」と言い、「空から雨が降るみたいに魚が降ってきます。たくさんの魚です。たぶんイワシだと思います。中にはアジも少しは混じっているかもしれません」と加えるのだが、その警官は「だとしたら、むしろ傘を逆さにして魚を受けて、酢の物にするといいかもしれないね」と言って、まともに相手にしない。

ところが「翌日実際に中野区のその一角にイワシとアジが空から降り注いだ」「何の前触れもなく、おおよそ2000匹に及ぶ数の魚が、雲のあいだからどっと落ちてきた」のである。若い警官は真っ青になった。

▽昔から頻繁にある

中野区の保健所は降ってきた魚を検査したが、異常な点はなく、ごく当たり前の新鮮でうまそうなイワシであり、アジのようだった。警察は広報車を出して、出所が不明の空からの魚を食べないように放送してまわるが、テレビの報道車も商店街に詰めかけ、中には落ちてきたイワシとアジをその場で焼いて、カメラの前で食べてみせるというレポーターも出現。「とてもおいしいです」「新鮮だし、あぶらもよく乗っています。大根おろしと温かいご飯がないのが残念です」と、得意そうに報告しているのである。

これは同作でも非常に話題となった場面だが、映画『マグノリア』（二〇〇〇年日本公開）の最後に大量のカエルが空から降ってくるシーンがあるので、その映画との関連に言及する人も多かった。

だが、村上春樹は読者とのメール応答集『村上春樹編集長——少年カフカ』（二〇〇三年）で『マグノリア』について「映画そのものは僕もとても好きです」と述べる一方で、「魚が降ったり、石が降ったりする現象は世界中で、昔からけっこう頻繁にあるんです。聖書にもよく出てきます」など、『マグノリア』とその場面の関連を否定的していた。

村上春樹は読者の独自の読みの世界に非常に寛容な作家だが、この「空から雨が降るみたいに魚が降って」くることについて、「ナカタさん」の予言で神話的に物語が展開していく場面を、単に話題の映画だけと結びつけられて論じられるのは、本意ではないことを述べておきたかったのだろう。実際『海辺のカフカ』の、その場面にも「大量の魚が雹のように空から降ってきたのだ。まさに黙示録的な光景だった」と記されている。

▽岐阜の山の中で

『海辺のカフカ』で、空から降ってくるのは「魚」ばかりではなかった。同作では、もう一カ所、東名高速の富士川サービスエリアで、「ナカタさん」がゆっくりとこうもり傘を広げると、突然、空から長さが三センチくらいある、真っ黒なものが大量に降ってくる場面がある。

最初は、ぽつりぽつりとだったが、だんだん数が多くなり、あっという間に土砂降りのようになる。「駐車場の照明の下で、それは艶（つや）やかな黒い雪のように見えた。その不吉な雪のようなものは男たちの肩や腕や首筋に落ちて、そのままそこに張りついた。彼らは手でもぎ取ろうとしたが、うまくはがすことができなかった」

「ヒル」だと誰が言う。空から「ヒル」が降ってくるよりは、まだ「イワシ」や「アジ」のほうが歓迎だが、その直後に、同作で「ナカタさん」とコンビを組むことになる「星野青年」が登場。岐阜の山の中で育ったという「星野青年」は、こんなことを語っている。ヒルが「林の中を歩いていると、上から落ちてくることもある。川の中に入ると、足に張りついてくる。こう言っちゃなんだけれど、ヒルにかけちゃけっこう詳しいんだ」と。

この「空」から降る「ヒル」について、筆者の妄想を記せば、これは村上春樹が好きな泉鏡花の代表作『高野聖』と関係している場面ではないだろうか。『高野聖』には大量な山ヒルがいる林が出てくるし、話の舞台も岐阜県飛騨地方のことなのだから。

▽T・S・エリオット『荒地』

でも、この章では「魚」のことについて述べたい。村上春樹作品の中に登場する「魚」にはどんなことが象徴されているのか。そのことについて、さらに考えてみたいのだ。

第十四章で「猫に名前をつけるのはむずかしいことです」と英国の詩人、T・S・エリオットが言っていることに、村上春樹が繰り返し言及していることを紹介したし、むずかしい「猫」への名づけにエリオットの詩が関係しているのではないかということにも触れた。村上春樹が店主だったジャズ喫茶「ピーター・

キャット」の店名に、エリオットの詩が関係しているのではないかという考えも示した。

「猫」への「いわし」「サワラ」「トロ」という「魚」系の名づけは偶然とは思えないものだが、もう少し考えを進めてみると、それはT・S・エリオットの代表詩集である『荒地』に関係しているのではないかと私には思えてくる。

『荒地』は雑誌発表当初から難解な詩として知られたようで、一九二二年の単行本化の際に付けられたエリオットの原注によって、ようやくその意図するところの一部が著者により明らかにされた。

そのエリオットの原注の冒頭には、英国の中世文学者・文化人類学者のジェシー・L・ウェストンの『祭祀からロマンスへ』（一九二〇年）から、『荒地』の着想を得ていることがまず記されており、「わたしがこの本に負うところはじつに大きく、詩の難解な個所の解明には、わたし自身の注よりもむしろウェストン女史の本のほうが役立つと思う」（岩波文庫、岩崎宗治訳）とエリオットは述べている。

そして「もう一つ、わたしが広い意味で恩恵をこうむっている人類学の本がある」と記して、エリオットはそれが「われわれの世代に深い影響を与えた『金枝篇』であることを記している。

▽机の上の二冊の本

『金枝篇』は、英国の人類学者、ジェイムズ・フレイザーの代表作。第十四章でも取り上げたように、村上春樹はフランシス・コッポラがベトナム戦争を描いた映画『地獄の黙示録』が大好きだが、その『地獄の黙示録』に登場するカーツ大佐も『金枝篇』を読んでいた。

その『地獄の黙示録』の最終盤、カーツ大佐の机の上に二冊の本が置かれている。それはエリオット『荒地』の原注に記された『金枝篇』と『祭祀からロマンスへ』だ。映画の中でカーツ大佐はエリオットの詩『うつろな人間たち』を読んだりもしているので、『地獄の黙示録』全体がエリオットの詩をめぐる映画だとも言える。

『金枝篇』については、長編『1Q84』（二〇〇九年、二〇一〇年）の中で、女殺し屋の主人公「青豆」がカルト宗教集団の「リーダー」と対決する場面で、「リーダー」が「青豆」に「フレイザーの『金枝篇』を読んだことは？」と問い、「興味深い本だ」と伝えている。

でも、ここで考えてみたいのは、ウェストンの『祭祀からロマンスへ』とエリオットの『荒地』との関係である。

▽アーサー王と円卓の騎士

エリオットの『荒地』というタイトルは、中世ヨーロッパのアーサー王物語の中の「聖杯伝説」から来ている。キリストが磔刑となった際に、その血を受けたとされる聖杯は、その後、見失われてしまい、その聖杯を探す騎士の物語が「聖杯伝説」だ。ウェストンの『祭祀からロマンスへ』は、その「聖杯伝説」の起源を探る研究である。

その物語では「聖杯の城」の王は「不具の王」で、その国土は「荒地」で、騎士たちは、ある問いを正しく問うことによって、生命力の衰えた王と荒廃した国土を再生させる。その王は太古の生命のシンボルである「魚」と結びつけられて「漁夫王」と呼ばれている。

村上春樹がアーサー王物語に関心を持っているのは、第二作『1973年のピンボール』（一九八〇年）の最終盤にこんなことが記されていることからも明らかだと思う。「鼠」の章でも紹介したが、もう一度、示してみよう。

同作で「僕」が探していたピンボール・マシーンとの再会を果たした後、「もちろんそれで『アーサー王と円卓の騎士』のように『大団円』が来るわけではない。それはずっと先のことだ。馬が疲弊し、剣が折れ、鎧が錆びた時、僕はねこじゃらしが茂った草原に横になり、静かに風の音を聴こう」とある。「円卓の騎士」はアーサー王物語においてアーサー王に仕えたとされる騎士たちである。

▽漁師が暮らしていた街

「魚」はイエス・キリストやキリスト教徒を表すシンボルだし、キリストの十二使徒には漁師出身の者も多い。「聖杯伝説」もキリスト教伝説の起源説やケルト的民間伝承の起源説などが考えられてきたが、ウェストンによると、「聖杯伝説」はキリスト教以前の東方の宗教がキリスト教の信仰と習合し、さらに騎士道物語に取り入れられたということのようだ。

そして「魚と漁師を太古の神聖な生命のシンボル」とする考えが太古から多くの国々の神話の中にあることを述べている。

前章でも紹介したが『1973年のピンボール』には「僕」と「鼠」の街の浜辺には三軒ばかりの「漁師」が暮らしていたことが書かれていて、このことにもエリオットの『荒地』やウェストンの『祭祀からロマンスへ』の「魚と漁師」と響き合うものを感じる。

さらにウェストンは「すべての生命は水から由来する」という信仰が「聖杯伝説」の「漁夫王」を生み出していることを述べている。

『羊をめぐる冒険』(一九八二年)で、右翼大物の「先生」の「運転手」が「僕」の「猫」に「いわし」という名づけを提案すると、「僕」のガール・フレンドが「なんだか天地創造みたいね」と述べていた。その「運転手」は右翼の大物の「先生」のお抱え運転手なのに「クリスチャン」という設定になっている。そして、前述したように『海辺のカフカ』では「大量の魚が雹（ひょう）のように空から降ってきたのだ。まさに黙示録的な光景だった」と記されている。

▽「再生」の神話的物語

これらに、村上春樹のキリスト教的なものへの関心を感じることができるが、そこにエリオットの『荒地』やウェストンの『祭祀からロマンスへ』を置いてみると、キリスト教も含めて、それよりもさらに古い、太古の神話の世界への関心を受け取ってもいいのではないかと思う。

「聖杯伝説」と言うと、映画『インディ・ジョーンズ』などを思い浮かべる人も多いかと思う。活劇的な物語を考えてしまいがちだが、T・S・エリオット『荒地』やウェストンの『祭祀からロマンスへ』では、「死」と「再生」の物語として、「聖杯伝説」が考えられている。

村上春樹の「猫」への「魚」系の名づけには、そんな神話的な「死」と「再生」への反映があるのではないだろうか。ウェストンの『祭祀からロマンスへ』も言うように、「水」はすべての生命の起源である。そして、村上春樹の作品の中に降りつづく「雨」も、そんな「死」と「再生」の「雨」なのだろう。

村上春樹作品の全体が「死」の世界を通しての、この世の「再生」の物語として、私に迫ってくる。

蛇

第二十五章　賢くて両義的な生き物——蛇

二〇一四年に刊行された短編集『女のいない男たち』の「木野」に「蛇」が出てくる。「木野」は主人公の名前でもあるし、彼が東京・青山の根津美術館裏手の路地で経営するバーの名前でもある。「木野」が店を始めて、しばらくすると、バー「木野」に灰色の若い雌の野良猫が来るようになって、店は軌道に乗り始めるのだが、ある時から、その「猫」が姿を消してしまい、店のまわりに一週間に三度も「蛇」が出るようになる。

▽そもそも賢い動物

喫茶店兼住宅に使っていた伯母から「木野」は建物を引き継いだので、彼は伯母に電話をする。それに対して、伯母は「あそこは長く住んでいたけど、そういえば蛇を見た覚えってないわね」と言った後、こんな話をするのだ。

「でもね、蛇というのはそもそも賢い動物なのよ」「古代神話の中では、蛇はよく人を導く役を果たしている。それは世界中どこの神話でも不思議に共通していることなの。ただそれが良い方向なのか、悪い方向なのか、実際に導かれてみるまでわからない。というか多くの場合、それは善きものであると同時に、悪しきものでもあるわけ」

この伯母の発言に、木野も「両義的」と応えている。古代神話と蛇と言うとアダムとイヴを誘惑して禁断の果実を食べさせる蛇のことが頭に浮かぶが、さらに伯母は次のようにも加えている。
「そう、蛇というのはもともと両義的な生き物なのよ。そして中でもいちばん大きくて賢い蛇は、自分が殺されることのないよう、心臓を別のところに隠しておくの。だからもしその蛇を殺そうと思ったら、脈打つ心臓を見つけ出し、留守のときに隠れ家に行って、それを二つに切り裂かなくちゃならないの。もちろん簡単なことじゃないけど」

▽まあ仕方ないことだ

その「木野」はスポーツ用品を販売する会社に十七年間勤務していた会社員だったが、たまたま出張で一日早く戻らなくてはいけなくなって、旅先から直接、葛西のマンションに帰ったら、妻が、自分の同僚と寝ていたのだ。そのまま「木野」は寝室のドアを閉め、旅行バッグを肩にかけたまま家を出て、家には戻らず、翌日、会社を辞めてしまった。

ちょうど、伯母から、自分の喫茶店を引き継ぐ気はないかという話が数カ月前にあったので、伯母に月々の家賃を払って、バーを開くことにしたのだ。

「木野」は別れた妻や、彼女と寝ていた同僚に対する怒りや恨みの気持ちはなぜか湧いてこなかった。もちろん最初のうちは強い衝撃を受けたし、うまくものが考えられないような状態がしばらく続いたが、やがて「これもまあ仕方ないことだろう」と思うようになったという。

▽それで十分だった

こんな「木野」の店の居心地の良さを人より先に発見したのが「灰色の若い雌の野良猫」で、いつも店の片隅に丸くなって眠っていた。店の前庭には歳月を経た立派な柳の木が緑の葉を豊かに垂らし、無口な店主の「木野」がいて、古いLPレコードがかかっている。そんなたたずまいを気に入って、何度も足を運んでくる客もでき、売り上げから毎月の家賃を払うくらいはできるようになった。「木野にはそれで十分だった」

その「木野」の店のまわりに一週間に三匹も違う「蛇」が出るようになったのだ。このあたりで見かけるのは普通のこととは言えない――それを伯母に確認してから「木野」は自分が「蛇」たちに取り囲まれていると感じるようになった。家のまわりを無数の「蛇」たちが取り巻いているのだ。真夜中になると近辺は静まりかえり、「蛇」の這う音さえ聞こえそうだ。「木野」は「猫」のために設けておいた出入り口を、板を打ちつけて塞いだ。その両義的な「蛇」たちが家の中に入ってこられないようにするために。

この「蛇」の「両義的」とはどんなことなのだろうか。

▽冥界めぐり

「木野」の周囲に「蛇」が出始めると、店によく来ている「カミタ」という若い坊主頭の男が「木野さん」「こんなことになってしまって、僕としては残念でならないのです」「この店を閉めざるを得なくなったことです。たとえ一時的にせよ」と言う。さらに、ここには「残念ながら多くのものが欠けてしまったようです」と告げる。「あの灰色の猫はもうここには戻ってこないでしょう」「少なくとも当分のあいだは」と言うのだ。

「木野さんは自分から進んで間違ったことができるような人ではありません。それはよくわかっています。しかし正しからざることをしないでいるだけでは足りないことも、この世界にはあるのです。そういう空白を抜け道に利用するものもいます」「そのことをよく考えてみてください」と話す。さらに「しばらくこの店を閉めて、遠くに行くことです」と神のお告げのように言うのだった。

「木野」は「カミタ」の言葉を受けて、店をたたんで、高速バスに乗って高松に行く。これは『海辺のカフカ』（二〇〇二年）の「僕」たちが向かう場所と同じだ。さらに「四国を一周し、そのあと九州に渡るつもりだった」と記されている。「四国」は「死の国」であるし、「九州」は「苦の州」という意味だろうか……。いずれにしても、「木野」にとって、自分の心の闇の奥深くを旅する冥界めぐりである。

▽自身の手によって

そして、ある夜、「木野」にまた「両義的」がやってくる。熊本駅近くのビジネス・ホテルで寝ていると、誰かが部屋のドアをノックするのだ。ノックは強く、執拗に感じられる。

「その誰かには外からドアを開けるだけの力はない。ドアは内側から木野自身の手によって開けられなくてはならない」と書いてあるだが、それに続けて「両義的」世界についてのこんな文章がある。少し長いが引用してみよう。

「木野はその訪問が、自分が何より求めてきたことであり、同時に何より恐れてきたものであることをあらためて悟った。そう、両義的であるというのは結局のところ、両極の中間に空洞を抱え込むことなのだ。『傷ついたんでしょう、少しくらいは？』と妻は彼に尋ねた。『僕もやはり人間だから、傷つくことは傷つく』と木野は答えた。でもそれは本当ではない。少なくとも半分は嘘だ。おれは傷つくべきときに十分に傷つかなかったんだ、と木野は認めた。本物の痛みを感じるべきときに、おれは肝心の感覚を押し殺してしまった。痛切なものを引き受けたくなかったから、真実と正面から向かい合うことを回避し、その結果こうして中身のない虚ろな心を抱き続けることになった。蛇たちはその場所を手に入れ、冷ややかに脈打つそれらの心臓をそこに隠そうとしている」

そうやって、木野は、ノックの音は「それが叩いているのはビジネス・ホテルのドアではない。それは彼の心の扉を叩いている」ことに気がつくのだ。さらに「どれほど虚ろなものであれ、これは今でもまだおれの心なのだ。たとえ微かであるにせよ、そこには人々の温もりが残されている」と思うのである。

▽それでは十分ではない

「カミタ」が「正しかざることをしないでいるだけでは足りないことも、この世界にはあるのです。そういう空白を抜け道に利用するものもいます」と「木野」に言う。「木野」は「私が何か正しくないことをしたからではなく、正しいことをしなかったから、重大な問題が生じたということなのでしょうか？　この店に関して、あるいは私自身に関して」と問い直すと、それに「カミタ」は肯いている。

村上春樹作品の主人公たちは「自分から進んで間違ったことができるような人」ではない。でもそれではよく生きるのに十分ではないのだ。

妻が同僚と関係しているのを見ても「結局のところ、そんな目に遭うようにできていたのだ。もともと何の達成もなく、何の生産もない人生だ。誰かを幸福にすることもできず、むろん自分を幸福にすることもできない。だいたい幸福というのがどういうものなのか、木野にはうまく見定められなくなっていた。痛みとか怒りとか、失望とか諦観とか、そういう感覚も今ひとつ明瞭に知覚できない。かろうじて彼にできるのは、そのように奥行きと重みを失った自分の心が、どこかにふらふらと移ろっていかないように、しっかり繋ぎとめておく場所をこしらえておくくらいだった」と書かれている。

その場所がバー「木野」なのだが、これが「そういう空白を抜け道に利用する」生き方でもあるということなのだろう。

作品の最後、「木野の内奥にある暗い小さな一室で、誰かの温かい手が彼の手に向けて伸ばされ、重ねられようとしていた」。その肌の温もりは「木野」が長いあいだ忘れていたものだった。「木野」は、とても深く、傷ついている自分に気がつくのだ。

▽ちゃんと見ろ

『女のいない男たち』の刊行の翌年、村上春樹をインタビューする機会があり、この「木野」の話となった。

「傷つきを見せない、見ない木野の生き方は一見、クールで格好いいわけです。でもそれだけでは人は生きていけない」「何かを新しくつかみ取ろうとすればプラスの分だけ、必ずネガティブなものが生じる。プラスのものを確保しようと思えば、ネガティブなものも代償行為として引き受けなくてはいけない。そうしないと、人は生きている意味がない」と村上春樹は語っていた。

つまり「蛇」の出現は、そのネガティブなものを「ちゃんと見ろ」と「木野」に促しているということ。ネガティブなものから逃げるのではなく、ちゃんと見ることで、人は再生していいくのだ。そして、相手を「赦（ゆる）す」こともできるようになる。

「蛇」の出現によって、「木野」は店をいったん閉めざるを得なかったが、その「蛇」が「木野」を覚醒に導いたということだ。このように村上春樹作品の「蛇」は両義的な動物である。

かたつむり

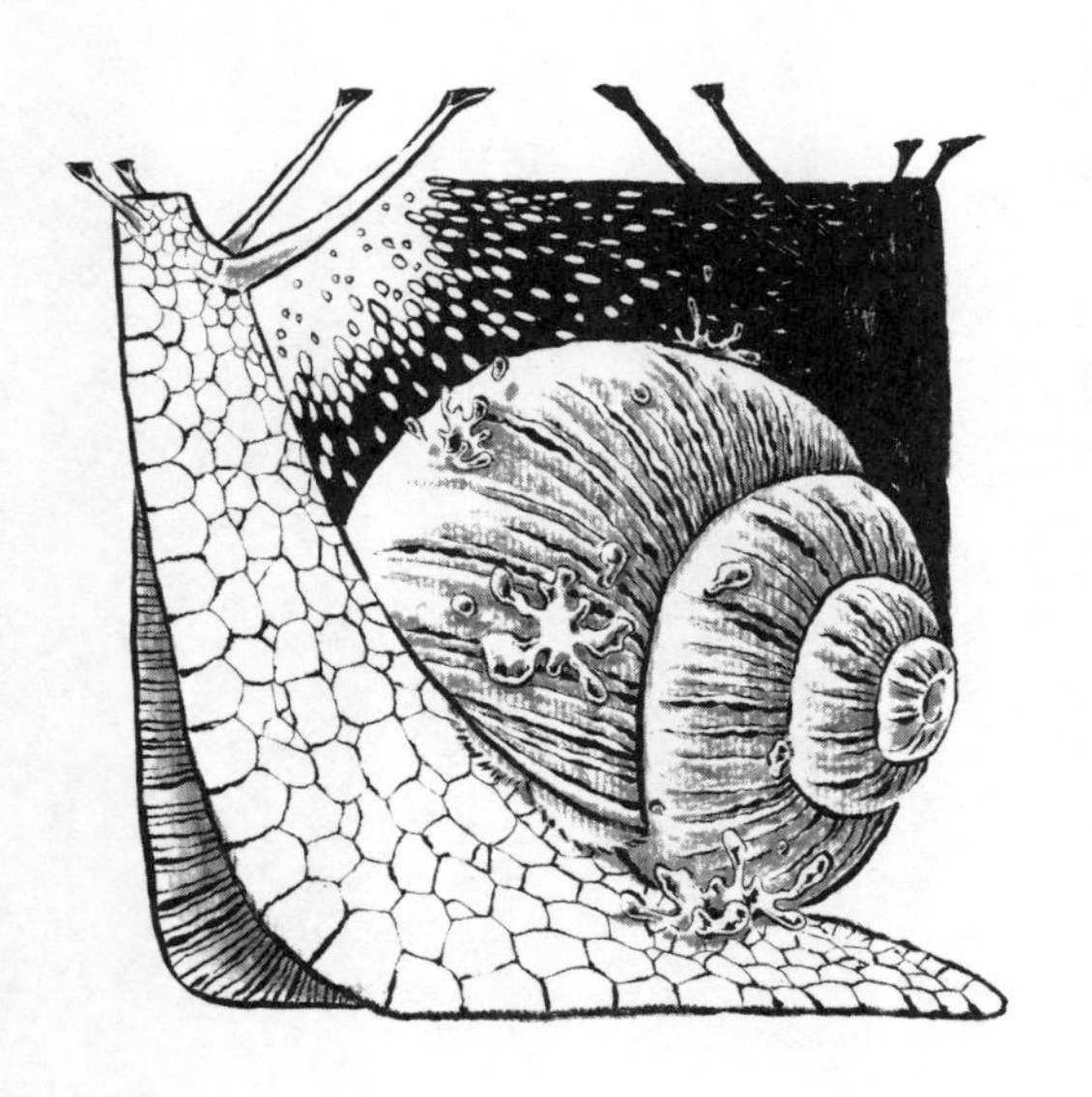

第二十六章　延々と降りつづく細かい雨 ——かたつむり

村上春樹の『世界の終りとハードボイルド・ワンダーランド』（一九八五年）は二つの話が交互に進む物語だ。そのうちの「ハードボイルド・ワンダーランド」の話の終盤に「かたつむり」が何度も登場する。

「ハードボイルド・ワンダーランド」のほうの「私」は「計算士」と呼ばれる情報処理技術者。情報戦争の中で情報を完全に暗号化するために、人間の深層心理を使う方法が考え出され、本人にも自覚できない意識の核を使って情報を暗号化したり、暗号化を解除したりする「シャフリング」という仕事をしている。だがシャフリング・システムの開発者の老博士が「私」の意識の核と微妙にずれたものを実験的に組み込んでしまい、三日後に「私」は自分とは違う意識の人間に移行してしまうという物語だ。

▽ボブ・ディラン

その「私」に残された最後の二十四時間、雨の日曜日、「私」はコインランドリーへ行って洗濯をするのだが、乾燥が終わるまで時間をつぶすために、傘をさして町の中をぐるぐると歩いてみる。すると、洗濯屋もあって、その店先の縁台に「かたつむり」が一匹這っているのを見かけるのだ。

時は十月で、それまで「かたつむり」は梅雨どきにしかいないものだと思いこんでいたので、秋の「かたつむり」は新しい発見だった。「私」はその「かたつむりを鉢植えの中に入れ、それから緑の葉の上」にのせると、「かたつむりはしばらくその葉の上でぐらぐらと揺れていたがやがて傾いだまま安定し、じっとあたりを見まわしていた」という。

このことを親しくなった図書館司書の「彼女」に話すと「ヨーロッパではかたつむりは神話的な意味を持っているのよ」と言う。つまり「殻は暗黒世界を意味し、かたつむりが殻から出ることは陽光の到来を意味するの」。だから「人々はかたつむりを見ると本能的に殻をたたいてかたつむりを外に出そうとするのね。やったことある?」と話すのだ。

ここにも村上春樹の神話への関心を見ることができるが、その「私」の頭が、別な人間の意識に移行する直前、新宿駅近くのレンタ・カー会社で借りた「カリーナ1800GT・ツインカムターボ」で、東京の晴海埠頭に行く。車の中ではボブ・ディランの唄がかかっていて、それを聴きながら、「私」はまた「雨ふり」と「かたつむり」のことを考えている。そして、ついに「私」の意識に「眠り」の時がくる。「私は目を閉じて、その深い眠りに身をまかせた。ボブ・ディランは『激しい雨』を唄いつづけていた」という言葉で「ハードボイルド・ワンダーランド」の話が終わっている。

▽小さな子が窓に立って

この「かたつむり」と「雨の日の洗濯」と「レンタ・カー」と「ボブ・ディラン」は、村上春樹の中で一つの繋がりの中にあるもののようだ。なぜなら「かたつむり」を「洗濯屋の前の縁台」で見つける章のタイトルは「――雨の日の洗濯、レンタ・カー、ボブ・ディラン――」と名づけられているからだ。

レンタ・カーを借りてすぐボブ・ディランのテープをかけていると、レンタ・カー会社の若い女性が「これボブ・ディランでしょ?」と言う。その女性は「ボブ・ディランって少し聴くとすぐわかるんです」と話すが、理由は「声がとくべつなの」だそうだ。そのボブ・ディランは「まるで小さな子が窓に立って雨ふりをじっと見つめているような声なんです」と言うのだ。

これに対して、「私」は「良い表現だ」「ボブ・ディランに関する本を何冊か読んだがそれほど適切な表現に出会ったことは一度もない。簡潔にして要を得ている」「感じたことを自分のことばにするっていうのはすごくむずかしいんだよ」「みんないろんなことを感じるけど、それを正確にことばにできる人はあまりいない」と話している。

その若い女性は「小説を書くのが夢なんです」と、自分の人生の希望を語っているが、「きっと良い小説が書けるよ」と「私」は励ましている。

▽世界を「再生」させる源

ボブ・ディランに関して、レンタ・カー会社の女性が言う「簡潔にして要を得ている」「それほど適切な表現」が「まるで小さな子が窓に立って雨ふりをじっと見つめているような声」なのだ。

つまり章のタイトルにある「雨の日の洗濯」「レンタ・カー」「ボブ・ディラン」は「雨」で繋がっている。もちろん「かたつむり」も「雨」で繋がっている。「――雨の日の洗濯、レンタ・カー、ボブ・ディラン――」の章は「ディランの唄にあわせてハミングした。我々はみんな年をとる。それは雨ふりと同じようにはっきりとしたことなのだ」という言葉で終わっているし、「ハードボイルド・ワンダーランド」の話全体の最後の言葉も「ボブ・ディランは『激しい雨』を唄いつづけていた」なのである。

ここに貫かれる村上春樹の「雨」へのこだわりとはいったい何だろう。それを先に述べてしまえば、この「雨」とは世界を「再生」させる源としてあるものなのではないかと思う。

▽『雨の中の庭』

実際、「雨」に注目して、村上春樹作品を読んでいくと、たくさんの「雨」が描かれている。たとえば『世界の終りとハードボイルド・ワンダーランド』の次の長編『ノルウェイの森』（一九八七年）は当初『雨の中の庭』という題名も候補の一つだった。

『ひとつ、村上さんでやってみるか』（二〇〇六年）という読者との応答集の中で「僕はドビッシーの『雨の中の庭』というピアノ曲が昔から好きで、そういう雰囲気を持った、こぢんまりして綺麗でメランコリックな小説を書きたいと思っていました。この小説を書きはじめたとき、そういう題が内容的にぴったりしているかなと思っていたのですが……」と、『ノルウェイの森』の前の題名の候補について記している。そう思って『ノルウェイの森』を読んでいくと、雨の場面がかなり出てくる。

たとえば、同作は「僕は三十七歳で、そのときボーイング７４７のシートに座っていた。その巨大な飛行機はぶ厚い雨雲をくぐり抜けて降下し、ハンブルク空港に着陸しようとしているところだった。十一月の冷ややかな雨が大地を暗く染め、雨合羽を着た整備工たちや、のっぺりとした空港ビルの上に立った旗や、ＢＭＷの広告板やそんな何もかもをフランドル派の陰うつな絵の背景のように見せていた。やれやれ、またドイツか、と僕は思った」と書き出されている。ここにも「雨」へのこだわりがある。

また『国境の南、太陽の西』（一九九二年）の最後はこんな文章で終わっている。

「僕はその暗闇の中で、海に降る雨のことを思った。広大な海に、誰に知られることもなく密やかに降る雨のことを思った。雨は音もなく海面を叩き、それは魚たちにさえ知られることはなかった。

誰かがやってきて、背中にそっと手を置くまで、僕はずっとそんな海のことを考えていた」

▽**差別のない条件**

さらに『海辺のカフカ』（二〇〇二年）の最後、主人公の「僕」は新幹線で東京に帰る。

すると「名古屋を過ぎたあたりから雨が降り始める。僕は暗い窓ガラスに線を描いていく雨粒を眺める。そういえば東京を出るときにも雨は降っていたなと思う。僕はいろんな場所に降る雨のことを思う。森の中に降る雨や、海の上に降る雨や、高速道路の上に降る雨や、図書館の上に降る雨や、世界の縁に降る雨のことを」と記されている。

そして「目を閉じて身体の力を抜き、こわばった筋肉を緩める。列車のたてる単調な音に耳をすませる。ほとんどなんの予告もなく、涙が一筋流れる」。その涙は「僕」の目から溢（あふ）れ、頬をつたい、口もとにとどまり、そしてそこで時間をかけて乾いていく。

「それは僕の涙ではないようにさえ思える。それは窓を打つ雨の一部のように感じられる」と、「雨」と「涙」が同じものであることが、ここに記されているのである。

これは「僕」が心の暗闇の世界（死の世界）をめぐって、成長し、感情を取り戻して、東京（現実の世界）へと帰っていく場面。「雨」というものを、世界の「再生」へのどんなところにも差別のない条件として、村上春樹が書いているのではないかと、思うのである。

▽雨ふりと繋(つな)がっている

「ハードボイルド・ワンダーランド」の「私」が知り合った司書の「彼女」は「かたつむり」はヨーロッパでは神話的な意味を持っていると話す。その「殻」は暗黒世界を意味し、「かたつむり」が殻から出ることは「陽光」の到来を意味すると語る。

でも日本では「かたつむり」は「雨ふり」と繋(つな)がっている。「私」が「かたつむり」と出会う、そのすぐ前には「細かい雨はまるで何かの状況を世界に示唆するように朝とまったく同じ調子で延々と降りつづいていた」と記されていた。

雨はどんなに阻止しようとしても、世界に平等に降る。この世がどれだけ、再生不可能のように見えたとしても「細かな雨」が降りつづける。「死」が誰にも平等にやってくるように、「雨」は降りつづくのだ。

「ハードボイルド・ワンダーランド」の「私」に意識の眠りがやってくる直前にも、レンタ・カー会社の彼女と同じように、ボブ・ディランの唄を聴きながら、「私も雨ふりのことを考えて」いる。その「私の思いつく雨は降っているのかいないのかわからないような細かな雨だった。しかし雨はたしかに降っているのだ。そしてそれはかたつむりを濡らし、垣根を濡らし、牛を濡らすのだ。誰も雨を免れることはできない。誰にも雨を止めることはできない。雨はいつも公正に降りつづけるのだ」と村上春樹は書いている。

このような、「死」と「再生」へのイメージが託されて、村上春樹作品の「雨」はあると、考えている。「ハードボイルド・ワンダーランド」の「私」は「死」の世界を経て、きっと

「再生」するだろう。

▽舵の曲ったボート

最後に、「雨」のこととは離れて、「私」がレンタ・カーとして借りた自動車が、なぜ「カリーナ1800GT・ツインカムターボ」なのかを少しだけ考えておきたい。

この車種であることが、繰り返し記されているのだが、おそらくこれは『世界の終りとハードボイルド・ワンダーランド』という物語が「世界の終り」の話と「ハードボイルド・ワンダーランド」の話のツインカムターボになっている長編小説だということではないだろうか。

そして、これに関連して、もう一つ大切なことが「——雨の日の洗濯、レンタ・カー、ボブ・ディラン——」の章には記されている。

映画『イージー・ライダー』を三回も観たことが書いてあるのだ。村上春樹は早稲田大学の卒論で、この映画『イージー・ライダー』のことを論じたそうだが、それを三回観たことを記した後、続けて「しかしそれでも私は舵の曲ったボートみたいに必ず同じ場所に戻ってきてしまうのだ。それは私自身だ。私自身はどこにも行かない。私自身はそこにいて、いつも私が戻ってくるのを待っているのだ」と述べているのである。

常に「相手」に問うたことを、もう一度「自分」に問う。「向こう側」と「こちら側」を同時に問う。『世界の終りとハードボイルド・ワンダーランド』という物語がそういう形をしているし、村上春樹のすべての小説がそういう形をしていることをこの言葉はよく表していると思う。

フクロウ

第二十七章　夜の智慧与える森の守護神
――フクロウ

村上春樹の『1Q84』（二〇〇九年、二〇一〇年）で、男主人公の「天吾」が千葉県千倉の海沿いの療養所に入院中の父親のもとを訪れ、療養所の女性看護師「安達クミ」の家に泊まる場面がある。

静かな夜。耳を澄ませると、くぐもった小さな音が遠くに聞こえ、それは規則的にリズムを刻んでいた。ときどき止み、少し間を置いてまた始まる。すると「あれはフクロウくん。近くの林に住んでいて、夜になると鳴く」と「安達クミ」が言うのだ。

その「フクロウ」は意味ありげに鳴き続けていて、「天吾」に「励ましのようにも聞こえたし、警告のようにも聞こえた」。それは「とても多義的だ」と感じたという。この「フクロウ」は、どんなふうに「多義的」なのだろう。

▽「私を見つけて」

その「安達クミ」との一夜、「天吾」は「僕の中にフクロウがいる」と思う。フクロウが「天吾の意識の一部になっていた」と感じるのだ。そう思っていると「フクロウくんは森の守護神で、物知りだから、夜の智慧を私たちに与えてくれる」と「安達クミ」が話す。「天吾」には「フクロウ」から智慧を授けてもらうための質問がわからないのだが、「安達クミ」は「天吾」の手を握って、「質問はいらない。自分から森の中に入っていけばいいんだよ」と告げるのだ。

そうやって「天吾」は森の中に入っていく。

つまり自分の心の闇の中に入っていくのだが、気がつくと「天吾」は小学校の教室にいて、隣にいた同級生の「青豆」が「天吾」の手をしっかり握っていた。「君に会いたかった」と「天吾」が「青豆」に言うと、「私もあなたに会いたかった」と「青豆」も応える。今からでも遅くはないから「あなたは私を見つけることができる」と少女の「青豆」が言う。「私を見つけて」「まだ時間のあるうちに」と言うのだ。

▽まだ時間のあるうちに

『1Q84』という大長編は、すごく簡単に言うと、十歳の小学生時代にたった一度だけ、手を握り合った「天吾」と「青豆」という男女が、互いを忘れることなく求めて、二十年後に再会し、結ばれるという物語だ。

その「青豆」が「私を見つけて」ほしいと「森」の中で「天吾」に言うのである。『世界の終りとハードボイルド・ワンダーランド』(一九八五年)の「世界の終り」の物語にも、「夢読み」という「僕」の仕事を手伝う図書館司書の「彼女」が「私の心をみつけて」と「僕」に言う場面があったが、村上春樹が一貫して人間の「愛」の力、人間の「心」の力を書き続けてきたことがよくわかる。

では「青豆」の「私を見つけて」の後に加えられた、「まだ時間のあるうちに」という言葉の意味は何だろうか。

『海辺のカフカ』(二〇〇二年)の刊行後、私と文芸評論家の湯川豊と二人で、同作について村上春樹へロング・インタビューをしたことがあるのだが、この時、村上春樹が自分の物語世界の成り立ちについて、とてもわかりやすく話してくれた。それは村上春樹へのインタビュー集『夢を見るために毎朝僕は目覚めるのです』(二〇一〇年)にも収録されているので、同書の中から関係する部分を紹介して、「まだ時間のあるうちに」の意味することについて考えてみたい。以下、少し長いが記してみる。

▽**地下室の下の別の地下室**

「人間の存在というのは二階建ての家だと僕は思ってるわけです。一階は人がみんなで集まってごはん食べたり、テレビ見たり、話したりするところです。二階は個室や寝室があって、そこに行って一人になって本読んだり、一人で音楽聴いたりする。そして、地下室というのがあって、ここは特別な場所でいろんなものが置いてある。日常的に使うことはないけれど、ときどき入っていって、なんかぼんやりしたりするんだけど、その地下室の下にはまた別の地下室があるというのが僕の意見なんです。それは非常に特殊な扉があってわかりにくいので普通はなかなか入れないし、入らないで終わってしまう人もいる。ただ何かの拍子にフッと中に入ってしまうと、そこには暗がりがあるんです。それは前近代の人々がフィジカルに味わっていた暗闇――電気がなかったですからね――というものと呼応する暗闇だと僕は思っています。その中に入っていって、暗闇の中をめぐって、普通の家の中では見られないものを人は体験するんです。それは自分の過去と結びついていたりする、それは自分の魂の中に入っていくことだから。でも、そこからまた帰ってくるわけですね。あっちに行っちゃったままだと現実に復帰できないです」

▽**現実世界に帰ってくる**

つまり、人の心の底には、地下二階の部屋があって、その部屋への秘密の扉を開けて、その暗闇をめぐり、闇の世界を観察して、そして、そこからまた現実世界に帰ってくる。自分の物語はそういう世界を書いている。この地下二階の暗闇の世界を書くことが作家の真の使命だということを村上春樹は述べている。

でも、暗闇の中に入ったまま「あっちに行っちゃったまま」では「現実に復帰できない」。それでは、駄目なのだ。その地下二階の暗闇の中では、何が善であり、何が悪であるのかが不分明な危険な世界。その「危険」を、ちゃんと切り抜けて、しっかり「現実」へと復帰することが大切であることを述べているのだ。

『1Q84』の森の世界で「青豆」が言う「まだ時間のあるうちに」という意味は、心の暗闇に入り、とどまっていることにはリスクがあるが、「森」の世界が閉ざされてしまう、その閉ざされてしまう前の「まだ時間のあるうちに」ということなのだろう。だが、もし時間を間違ったら、そこから出られなくなってしまうという世界でもある。

「安達クミ」は「夜が明けたら天吾くんはここを出て行くんだよ。出口がまだ塞がれないうちに」と伝えているし、「夜が明けたら、僕はここを出て行く」と「天吾」も彼女の言葉を復唱している。

「出口」が塞がれてしまったら「現実」に戻ってこられなくなってしまう。自分の「心」の暗闇の中に入っていくことはとても大切な体験だ。でも危険な闇の世界から、現実の世界に戻ってこなくてはならない。そのことの大切さを村上春樹作品はいつも書いている。

私たちのインタビューでも語っていたが「オープン（開放）システムとクローズド（閉鎖）システムの戦い」というものがあり、戻って来られないオウム真理教の物語のようにクローズドシステムになってはいけないということである。自分は「やはり、オープンシステムというものを信じているんです」と述べていた。

　古代ゲルマンの神話体系を国家形成に持ち込んだヒットラーのような危険性も指摘していた。『風の歌を聴け』（一九七九年）で「僕」が文章について多くを学んだデレク・ハートフィールドという作家が、ヒットラーの肖像画を抱えてエンパイア・ステート・ビルの屋上から飛び降りて死んだことにも、小説を書き始めて以来つづく、村上春樹のオープンシステムへのこだわりが表れているのだろう。

　しかし「心」の闇の中を、「森」の中を行くには危険が伴う。その「森」の中で「僕」の行く手を守るのが「森の守護神」で「夜の智慧（ちえ）」を与えてくれる「フクロウ」なのだと思う。

▽**うちの父親も漁師だったら**

　そのことを「天吾」に伝える「安達クミ」が「漁師」の娘であることも重要なことだ。「いるか」の第二十三章でも紹介したが、村上春樹は初期作品から「漁師」への関心がある。

「うちのお父さんは漁師だったの。五十歳になる前に死んじゃったけど」と語る「安達クミ」に対して、「天吾」は「うちの父親も漁師だったらよかったのかもしれない」とまで語っている。同作での「天吾」の父親は「ＮＨＫの集金人」という設定なのだが。

　そして『ノルウェイの森』（一九八七年）にも「漁師」が重要な役目で登場する。「直子」が森の中で自殺した後、「僕」が山陰の海岸を一人、歩いて旅する場面。「僕」が廃船の陰で寝袋にくるまって涙を流していると、若い「漁師」がやってきて、砂浜で「僕」と二人で酒を飲む。その「漁師」は「十六で母親をなくした」と語ったり、食事の心配をして寿司折を買ってきてくれたりする。そして別れ際にポケットから「四つに折った五千円札」を出して、「僕」に「これで何か栄養のあるものでも食え、あんたひどい顔してるから」と言うのだ。

「僕」はその「漁師」からもらった五千円札で切符を買い、東京まで戻ってくる。「四つに折った五千円札」とは変わった表現だが、おそらく「四（死）」の形に折りたたまれた世界から、その形を開いた「五千円札」で切符を買い、現実世界に戻ってくるということなのだろう。「四」を超えていく「五」なのだろう。「十六で母親をなくした」という「漁師」は「四（死）」×「四（死）」の世界の人物だと思う。

このように『ノルウェイの森』でも『1Q84』でも「漁師」に関係した人物が、「森」の世界、心の闇の世界にいる主人公を現実世界に帰す重要な役割を果たしているのである。

▽漁港で漁船を眺める

さらに加えると、この「漁師」も「魚」の第二十四章でも言及したT・S・エリオットの『荒地』との関係を考えておかなくてはならないのではないかと思う。

『1Q84』には、「天吾」が読んでいる『猫の町』という小説が登場するが、さらに死の床にある父親が療養する千葉県千倉の町も「猫の町」と呼ばれている。ちなみに、千倉は村上春樹の友人だったイラストレーターの安西水丸が幼少期をすごした土地である。

その「猫の町」千倉で、「天吾」が父親を看るために滞在生活を始める時、「朝早く起きて海岸を散歩し、漁港で漁船の出入りを眺め、それから旅館に戻って朝食をとった」とあり、「漁港からは帰港する漁船の単調なエンジンの響きが聞こえてきた。天吾はその音が好きだった」と書かれている。

そして、エリオット『荒地』の「火の説教」に「夕暮れどき、船乗りが海から帰るのも」という言葉があり、この部分について、エリオットはわざわざ原注の中で「わたしは日暮れに帰港する近海漁業の漁師や平底舟の船頭のことを考えていたのである」と記している。

『1Q84』の「帰港する漁船の単調なエンジンの響き」が好きだったという「天吾」の姿は、エリオットの詩集『荒地』の中の言葉や原注の言葉とも響き合って、私には届いてくる。村上春樹作品の中を貫く、「海」や「漁師」への希求は、T・S・エリオットの詩からの影響かもしれないという思いが広がってくるのだ。

▽『神々の黄昏』

もちろん、これだけでは少し飛躍のある考えなのかもしれないので、もう一つ例を挙げると、『荒地』の「火の説教」に「テムズの娘たち」の歌という連があって、この歌がリヒャルト・ワーグナー作曲の楽劇『ニーベルングの指環』の中の『神々の黄昏』の「ラインの娘たち」と対応したものであることが、エリオットの原注に記されている。

そして「天吾」の父親の葬儀の際にも、この『神々の黄昏』のことが記されているのだ。

「天吾」の父親は自分の職業だった「NHKの集金人の制服を身にまとって、その質素な棺の中に」横たわっている。「実際に目の前にしてみると、彼が最後に身につける衣服として、それ以外のものは天吾にも思いつけなかった。ヴァーグナーの楽劇に出てくる戦士たちが鎧に包まれたまま火葬に付されるのと同じことだ」と書かれている。

その棺の蓋（ふた）が閉められ、「天吾」の父親の遺体はいちばん安あがりな霊柩車（れいきゅうしゃ）にのせられて運ばれていくのだが、「そこにはおごそかな要素はまったくなかった。『神々の黄昏』の音楽も聞こえてこなかった」と記されている。これは否定形の表現だが、意識的に『神々の黄昏』のことが示されていると思う。

この「天吾」の父親の葬儀には「安達クミ」も立ち会っていて、「漁師」だった「うちのお父さんもここで焼かれたんだよ」と「安達クミ」は「天吾」に語っている。

▽**こうして再生するために**

その「天吾」と「安達クミ」が関係した夜、二人の間でこんな会話がある。

「私は再生したんだよ」と「安達クミ」が言い、「君は再生した」と「天吾」が応えると、「だって一度死んでしまったから」と「安達クミ」が言う。「なぜ君は死んだの?」という「天吾」の問いに「こうして再生するために」と「安達クミ」が答える。このような「死」と「再生」をめぐる会話が、繰り返されているのだ。

「安達クミがベッドの中で死と再生について語った。間違った質問があり、多義的な回答があった。雑木林の中でフクロウが鳴き続け」とあるので、この章の冒頭に紹介した「とても多義的だ」というのは、この部分かもしれない。

そして「『死のないところに再生はない』と『天吾』は確認した」と書かれた後、「しかし人は生きながら死に迫ることがある」という、登場人物の声ではないような言葉が記されている。これは村上春樹自身の声ではないだろうか。「しかし人は生きながら死に迫ることがある」とは、あの地下二階の心の暗闇の世界に入っていくことではないだろうか。多義的なことを一言で示すには矛盾があるとも言えるが、そのように受け取れるのだ。

実は、この「死」と「再生」をめぐる話も、私にはT・S・エリオット『荒地』に繋（つな）がるものを感じている。『荒地』のテーマが「水」や「魚」や、あるいは「植物」などを唄うことを通して、この世の「再生」を希求した詩であるからだ。本書は『村上春樹の動物誌』なので、「植物」にほとんど触れずにきたが、たとえば、穀物の種子の発芽は「死」と「再生」の原初的な形でもあるだろう。村上春樹の小説も、本章で、いや本書で述べてきたように、「死」の世界を通して、この世界の「再生」への希求が描かれていると、私は考えている。

▽吉兆としての「みみずく」

『騎士団長殺し』（二〇一七年）を読まれた読者なら同作に出てくる「みみずく」は『1Q84』の「フクロウ」と、どのような関係にあるのかを考えると思う。その点について記そう。

同作は著名な日本画家・雨田具彦が使っていた小田原郊外の家に住むことになった「私」が、この家の屋根裏から雨田が描いた『騎士団長殺し』という絵を見つけることから、大きく動きだす。夜中に屋根裏から、ときどきがさがさという小さな物音を耳にすることがあるので、調べてみると、その張本人は「小型の灰色のみみずく」だった。この「みみずく」が『騎士団長殺し』を「地下二階」の世界へ導く動物となっているのだ。

「雨田具彦」の息子で、「私」の美術大学の同期である「雨田政彦」に「みみずく」のことを電話で伝えると、「みみずくが家に住み着くのは吉兆だという話を、以前どこかで耳にしたことがある」と「雨田政彦」が話している。

同作の中で「まるで翼のはえた猫のようだ」とも書かれている「みみずく」も「フクロウ」の同じ仲間であり、「森の守護神」のようにある動物だ。

ねじまき鳥

第二十八章　世界のねじを巻く鳥 ――ねじまき鳥

『ねじまき鳥クロニクル』（一九九四年、一九九五年）は村上春樹が欧米で高く評価されていく契機ともなった長編小説である。その題にある「ねじまき鳥」とはどんな鳥だろうか。

同作は短編「ねじまき鳥と火曜日の女たち」（一九八六年、短編集『パン屋再襲撃』）を長編化したものである。

同短編の中に「近所の木立からまるでねじでも巻くようなギイイイイッという規則的な鳥の声が聞こえた。我々はその鳥を『ねじまき鳥』と呼んでいた。妻がそう名づけたのだ」とある。「僕」たち夫婦も、その本当の名前は知らないし、どんな姿をしているのかも知らないのだが、「でもそれに関係なくねじまき鳥は毎日その近所の木立にやってきて、我々の属する静かな世界のねじを巻いた」と書かれている。

▽名づけの変更

この短編には、妻の兄と感じが似ているので、その名からつけられた「ワタナベ・ノボル」という名前の「猫」が出てくる。この「猫」が失踪する短編だ。その「猫」を探しながら、「ワタナベ・ノボル／お前はどこにいるのだ?／ねじまき鳥はお前のねじを／巻かなかったのか?」という詩句のような言葉まで、「僕」は思い浮かべている。

この短編を受けた長編『ねじまき鳥クロニクル』でも「猫」が失踪する場面から物語が始まるが、同長編では兄の名前は「綿谷ノボル」となっている。だから「猫」の名前も「ワタヤ・

ノボル」に変更されている。後に「サワラ（鰆）」と改名される「猫」だ。

この「ワタナベ・ノボル」から「ワタヤ・ノボル」への名づけの変更には、物語それ自体とはあまり関係ないが、次のようなことがあったと思われる。

村上春樹作品で登場人物が、しっかりとした名前を持って登場してくるのは短編集『パン屋再襲撃』に収録された「ファミリー・アフェア」の「僕」の妹の婚約者「渡辺昇」や「象の消滅」に出てくる「象」の飼育係「渡辺昇」ぐらいからである。「ねじまき鳥と火曜日の女たち」の「猫」の「ワタナベ・ノボル」もこの系列で、おそらく漢字で記せば「渡辺昇」というのが「僕」の妻の兄の名前の表記だったのではないだろうか。

▽安西水丸の本名

この「渡辺昇」は村上春樹の友人で、二〇一四年に亡くなったイラストレーターの安西水丸の本名である。さらに『ノルウェイの森』（一九八七年）の主人公の名前も「ワタナベ・トオル」だし、『騎士団長殺し』（二〇一七年）に登場する謎の資産家も「免色渉（メンシキ・ワタル）」という名前だ。これらの登場人物は、みな安西水丸の本名「渡辺昇」と、どこか響き合うある名前となっている。

そして『ねじまき鳥クロニクル』の冒頭部にも、紹介したような「猫」の名前と「ねじまき鳥」を織り込んだ短い詩句のような言葉が出てくるのだが、それは「ワタヤ・ノボル／お前はどこにいるのだ？／ねじまき鳥はお前のねじを／巻かなかったのか？」というように変更されている。

『ねじまき鳥クロニクル』には、物語の最

後、「僕」が妻の兄と対決して、野球バットで殴り倒す有名な場面がある。その兄の名前を「ワタナベ・ノボル（渡辺昇？）」から「ワタヤ・ノボル（綿谷ノボル）」に変えた理由は、自分の友人である安西水丸と同じ名前の人物をバットで殴り倒したくはないという気持ちが、村上春樹の中で働いたのではないかと思う。

▽**毎朝ねじを巻く**

「ねじまき鳥」のほうに話を戻そう。村上春樹の長編作品を遡（さかのぼ）っていくと、「ねじまき鳥と火曜日の女たち」発表の翌年に刊行された『ノルウェイの森』（一九八七年）にも〈ねじまき鳥〉は出てくる。

『ノルウェイの森』の「僕」は日曜日の朝、京都の療養所にいる「直子」に手紙を書く。

「ときどきひどく淋しい気持になることはあるにせよ、僕はおおむね元気に生きています。君が毎朝鳥の世話をしたり畑仕事をしたりするように、僕も毎朝僕自身のねじを巻いています。ベッドから出て歯を磨いて、髭を剃って、朝食を食べて、服を着がえて、寮の玄関を出て大学につくまでに僕はだいたい三十六回くらいコリコリとねじを巻きます」

そのように手紙に書いている。でも「今日は日曜日で、ねじを巻かない朝です」とも加えていて、この手紙を書き終えて、ポストに入れてしまえば夕方まで何もなく、日曜日には勉強もせず、日曜日の午後は、「僕」は一人で本を読んだり音楽を聴いたりしていると、「直子」への手紙にしたためている。「静かで平和で孤独な日曜日」。その「日曜日には僕はねじを巻かないのだ」と言う。

「君が毎朝鳥の世話をしたり畑仕事をしたりするように、僕も毎朝僕自身のねじを巻いています」との「直子」への言葉からは、この「ねじを巻く」行為が「鳥」と関係していることがわかる。

　そして、『ねじまき鳥クロニクル』も、世界を動かすねじをめぐる物語だ。この長編では「笠原メイ」という十六歳の少女から、「僕」は「ねじまき鳥さん」と呼ばれているが、でもそれは必ずしも「ねじまき鳥」＝「僕」という意味でもないようだ。

「僕」は「ねじまき鳥」が、もしいなくなってしまったら「誰かがねじまき鳥の役目を引き受けなくてはならないはずだ。誰かがかわりに世界のねじを巻かなくてはならない」と考えているし、そうしないことには「世界のねじはだんだん緩んでいって、その精妙なシステムもやがては完全に動きを停めてしまうことになる」と思っている。

　でも「僕」は「ねじまき鳥」の鳴き声をうまく出すことができないし、「僕」は「ねじを巻くことのできない無音のねじまき鳥として、しばらく夏の空を飛んで」みたりもしている。

「ねじまき鳥」も「鳥」なので、「カラス（その1）」の第十七章で紹介したように、地上の自分から離れて、高いところから、自らの姿を見つめてみることの大切さが託されていると、まず考えられるだろう。

▽最後に時計のねじを巻く

　だが、それだけではないものがあるように思う。「ねじまき鳥が消えてしまったことに気がついている人間は、僕の他には誰もいないようだ」とも記されている。村上春樹独特の「世界を動かすねじ」はどんな形をしているのかを少しだけ考えてみたい。

　『羊をめぐる冒険』（一九八二年）の終盤に「時計のねじをまく鼠」という章がある。それは「僕」の友人の「鼠」が自死する場面。「まったく不思議なもんさ。だって三十年にわたる人生の最後の最後にやったことが時計のねじを巻くことなんだぜ。死んでいく人間が何故時計のねじなんて巻くんだろうね。おかしなもんだよ」と、死後に霊となった「鼠」が暗闇の中で「僕」に語っている。ここも村上春樹が読者にその理由を問うている場面だろう。

つまり、首を吊って自殺した「鼠」がどんなふうにして、世界の動きを維持する「ねじを巻いた」のだろうかということを。

「鼠」は、自分が死んだ理由を「僕」にこう話している。「簡単に言うと、俺は羊を呑み込んだまま死んだんだ」「羊がぐっすりと寝込むのを待ってから台所のはりにロープを結んで首を吊ったんだ。奴には逃げだす暇もなかった」「もう少し遅かったら羊は完全に俺を支配していただろうからね。最後のチャンスだったんだ」と。

▽近代日本のシステムに

これは、どんなことを意味しているのか。わかりやすく述べてみれば、おそらく、次のようなことではないだろうか。

「羊」は、本書の冒頭で記したように「近代日本」を象徴する動物だ。若い時に社会の硬直したシステムに、反対する気持ち、否の意思を表明していた人たちも（団塊の世代に含まれる村上春樹の学生時代は七〇年安保と重なっている）、社会人となっていく中で、近代日本のシステムに呑み込まれていってしまった。

若い時に、社会に否を叫んでいた人たちが、むしろ、かえって社会の近代的なシステムを牽引し、護持する人になってしまう。そうならないうちに、「羊」（近代日本のシステム）の負の部分に自分が呑み込まれる前に、「羊」（近代日本のシステム）を呑み込んだまま「鼠」は死んだということだろう。

「もう少し遅かったら羊は完全に俺を支配していただろうからね」というのは、「もう少し遅かったら、自分が近代日本のシステムの側にまるまる呑み込まれてしまう」という意味だろう。

その「鼠」は「僕」の分身的友人である。つまり「鼠」の死は、「僕」の中にある近代日本の負の部分、『羊をめぐる冒険』では日露戦争をはじめ、近代日本の戦争の歴史が描かれているが、その近代日本のシステム（効率性追求社会）に従うような「僕」の部分を自ら殺していくということを表しているのだろう。それだからこそ、「鼠」の死が、世界の「時計のねじを巻く」という意味を持っているのだと思う。

▽分身的な戦い

本章の最後に一つだけ加えておくと、『ねじまき鳥クロニクル』の最後、「僕」が「綿谷ノボル」と対決する場面について、いくらなんでも、自分の妻の兄をバットで殴り倒すのは残酷だろうという意見もある。

だが、これも分身的な戦いなのだ。村上春樹の小説は、いつも自分の心の闇を探る小説だが、『ねじまき鳥クロニクル』の、この場面も闇の中の「２０８」号室での戦い、自分の心の底での戦いだ。「綿谷ノボル」は日本を戦争に導いた精神の象徴のような人物。その日本を戦争に導くような相手を叩きつぶすだけでは戦争は無くならない、分身的に、ブーメラン的に「僕」自身に戻って考えてみれば、自分の心の底にも、同じように、日本を戦争に向かわせたものが潜んでいて、それを叩きつぶさなくては、戦争は無くならないという思いが描かれているのだと思う。バットで叩きつぶされているのは、「向こう側」（綿谷ノボル）ばかりでなく、「こちら側」（僕）の中にもある戦争に向かわせるものなのだと思う。

このように、「向こう側」に問う問題を、「こちら側」の「自分」にも問うという形で「世界のねじ」を巻かないと、「世界のねじはだんだん緩んでいって、その精妙なシステムもやがては完全に動きを停めてしまう」。そんなことを「僕」が考え続ける『ねじまき鳥クロニクル』なのである。

動物園

第二十九章　人間は自然の一部、動物の種である——動物園

「僕は昔から動物園と洞窟が好き」。エッセー集『サラダ好きのライオン——村上ラヂオ3』（二〇一二年）の「シェーンブルン動物園のライオン」で村上春樹はそう語っている。

シェーンブルン動物園はウィーンにある世界最古の動物園。ハプスブルク家の王族らのために、一七五二年に創設され、マリー・アントワネットも少女時代に楽しんだかもしれない動物園だ。村上春樹は米国作家ジョン・アーヴィングの長編『熊を放つ』を翻訳中に、この動物園を訪れている。『熊を放つ』では夜の同動物園への偵察や〝動物園破り〟で動物を檻から解放してしまう重要な舞台となっていたからだ。その時は「ずいぶんうらぶれた動物園」に成り果てていたが、二十五年ほどして久しぶりにこの動物園を訪れてみると、美しい最新式の動物園にがらっと変貌を遂げていて腰を抜かしたそうだ。

その日、ウィーンは寒波が襲来して、観客はほぼ皆無。自然に近い環境で放し飼いにされ、透明プラスチックで囲まれたライオン一家を見物していると一匹の雌ライオンがやってきたので、透明な壁をはさんで額をつきあわせていた。「凍てつく晩秋の午後、僕とライオンは透明なしきりを挟み、長いあいだ無言のままお互いを直視していた」とある。

▽台風がくるたびに動物園に

こんな村上春樹に「ニューヨーク炭鉱の悲劇」（「ブルータス」一九八一年三月、『中国行

きのスロウ・ボート』一九八三年）という初期短編がある。それは「台風や集中豪雨がやってくるたびに動物園に足を運ぶという比較的奇妙な習慣を、十年このかた守りつづけている男がいる。僕の友人である」と書き出されている。「僕」は二十八歳。だが、自分の知り合いが、一年間に五人も死んでしまう。そのたびに「僕」は「動物園」が好きな友人のところへ黒い背広を借りに行っては、二人で話すという作品だ。

友人は「最近どうも顔つきが暗いぜ」「夜中にものを考えすぎるんだ」と「僕」に対して言う。さらに「夜中の三時には人はいろんなことを思いつくもんさ」「夜中の三時には動物だってものを考える」と言って、友人は「夜中の三時に動物園に入った」体験を語りだしたりもする……。

▽大晦日から新年にかけて

この「ニューヨーク炭鉱の悲劇」は、読むのが、難しい短編の一つだ。強い印象を残す作品だが、そこに何が書かれているのかを受け取ることが、容易ではない。

まず次々に死んでいく若い死者が何を意味しているのか。最初は「中学校の英語教師をしていた大学時代の友人」だった。結婚して三年になり、妻は出産のために年末から「四国」の実家に帰っていた。

「一月にしては暖かすぎる日曜日の午後、彼はデパートの金物売り場で象の耳でも切り落とせそうな西ドイツ製の剃刀と二罐のシェービング・クリームを買い求め、家に帰って風呂を沸かした。そしてスコッチ・ウィスキーを一本空にしたあと、浴槽の中であっさりと手首を切って死んだ」

それに続く十二カ月間に「四人の人間が死ん

だ」。「三月にはサウジアラビアだかクウェートだかの油田事故で一人が死に、六月には二人が死んだ。心臓発作と交通事故である。七月から十一月まで、平和な季節が続いたあと、十二月の半ばに最後の一人がやはり交通事故で死んだ」のだ。

「十二月に死んだ女の子がその年における最年少の死者で、同時に唯一の女性の死者でもあった。二十四歳、革命家とロックンローラーの歳だ」とある。

そしてその年の終り、六本木あたりの店を借り切って毎年行われる大晦日から新年にかけての小さなパーティーで会った、青いシルクのワンピースを着た女性から「あなたによく似た人」を「五年前に」「私が殺したの」「五秒もかからなかったわ」と言われるのだ。

これらが、いったい何を意味しているのか、そのことが簡単には理解できないのだ。

▽内ゲバの多数の死者

それに対して、これは日本の学生運動の「内ゲバ」による多数の死者のこと書いているのではないかとの考えを、文芸評論家の加藤典洋が提出した。

確かに同作では、「僕」の友人たちの連続する死に対して「予期せぬ殺戮が始まったのはその直後だった。不意打ちと言ってもいいだろう」とも書かれているし、十二月に死んだ女の子の二十四歳は「革命家」が死ぬ年齢だとある。

かつて社会に対して、強い否（いな）を唱えていた「我々」も「髪を切り、毎朝髭を剃った」「つきあいで生命保険にも入ったし、ホテルのバーで酒を飲むようにもなったし、歯医者の領収書をとっておいて医療控除を受けるようにもなった」。社会の側の立派な一員となり、「あとはまっすぐな六車線道路を（さして気は進まぬにしても）目的地に向けてひた走ればいい」人生を歩み出していた。そこへの「予期せぬ殺戮」なのである。

さらに加藤典洋は二十八歳の「僕」を仮に村上春樹と同じ生年として考えると、作品の時代は一九七七年であり、青いシルクのワンピースを着た女性が「あなたによく似た人」を「五年前に」殺したのは一九七二年になると推定。その女性と「僕」の話は、同年の大晦日から新年にかけてのパーティーとあるが、一九七三年の元旦には連合赤軍事件の首謀者の一人と言われた森恒夫が東京拘置所で自殺していることを指摘したのだ。

▽ドイツ語で「暴力」

この加藤典洋の視点は、飛躍を含んだ考えだが、一つの説得力を有していると思う。「内ゲバ」の「ゲバルト」はドイツ語で「暴力」であることも加藤典洋は述べているが、そのように読んでみれば、最初に死んだ「中学校の英語教師をしていた大学時代の友人」も「西ドイツ製の剃刀」で手首を切って自殺している。

だが、その連続した死者が内ゲバと関連したものだとしても、それだけでは、この作品の冒頭に記される「台風や集中豪雨がやってくるたびに動物園に足を運ぶという比較的奇妙な習慣を、十年このかた守りつづけている男がいる。僕の友人である」という言葉と、その多数の死者との関係を理解することができない。「僕」の友人たちが亡くなるたびに、「動物園」好きの友人のところに葬式用に黒い背広を借りに「僕」が行き、二人で話し込むことの意味がわからないと思う。

「動物園」好きな友人と話しこむ「僕」と、次々に死んでいく「僕」の友人たちとは、どのように関係しているのか。そのことを考えないと「ニューヨーク炭鉱の悲劇」という作品を十分に受け取ったことにならないのではないかと考えている。

「動物園」好きの友人は「葬式に着ていくにはおあつらえむきの黒い背広と黒いネクタイと黒い革靴を持っていた」ので、「僕」は自分の友人が死ぬたびに借りに行くわけだが、その「動物園」好きの友人のほうは「三年前にその背広」を作ってから「誰も死なないんだ」「不思議なことなんだけど、この背広を作って以来誰一人として死なないんだ」と「僕」に語っている。

つまり「動物園」好きの友人の知り合いは、この三年間、「誰一人として死なない」。でも「僕」のほうは一年間に友人が五人も死んでしまうという話なのである。このことを「村上春樹作品」と「動物」との関係を考察してきた『村上春樹の動物誌』という本書の中に置いて考えてみたいのだ。

▽「人間と同じさ」

「動物園」好きの友人が、二週間ばかり前に北海道へ出張で行った時、近くの動物園に入ってみたら「〈猫〉って札がかかった小さな檻があってね、その中に猫が寝ていた」と「僕」に話している。珍しい猫ではなく、ごく普通の猫がごろんと横になっていたようだ。

「きっと北海道じゃ猫が珍しいのさ」「まさか」「何故猫が動物園に入ってちゃいけないんだ？」「猫だって動物じゃないか」などの会話が「僕」との間に交わされているが、「動物園」好きな友人は「習慣なんだよ。つまり、猫や犬はありふれた動物だからね。わざわざ金を払って眺めるほどのものじゃない」「人間と同じさ」と「僕」に語る。それに対して「なるほど」と「僕」も同意している。

すなわち、ここに「人間」は「猫」や「犬」と同じ「動物」であることが記されている。そのことを「動物園」好きの友人は「僕」に伝えているのだ。そして、紹介したように「動物園」好きの友人は「夜中の三時に動物園に入った」体験を「僕」に語りだす。

そこでは、夜の闇の中を、地の底から、這い上がってきた「目に見えない何かが跳梁」していた。「でも動物たちはそれを感じる。そして俺は動物たちの感じるそれを感じる」と友人は語る。「俺たちの踏んでいるこの大地は地球の芯まで通じていて、そしてその地球の芯にはとてつもない量の時間が吸い込まれているんだよ」と話すのだ。

この台風の日に「動物園」に行く友人、夜中に「動物園」に入ったことがある友人は何を語っているのか。それは、次のようなことではないだろうか。

この世は人間が考える地上だけで成立しているわけではない。自然が穏やかな天候だけであるわけではない。人間が自然の一部であることを知る嵐の中で、人間が動物の種であることを知る夜の動物園で、そこで感じとることを大切にしていかないと、この世は、「僕」のように多くの死に囲まれてしまうのではないか。そのことを友人は「僕」に警告しているのではないだろうか。そのような村上春樹の考えが示されているように思えるのだ。

▽時刻は常に午前三時

ちなみに同作では「夜中の三時には人はいろんなことを思いつくもんさ」「夜中の三時には動物だってものを考える」と「夜中の三時」が繰り返されている。デビュー作『風の歌を聴け』(一九七九年)にも「夜中の三時に目が覚めて、腹ペコとだとする。冷蔵庫を開けても何も無い」など、この「夜中の三時」へのこだわりが記されている。これは村上春樹が愛するスコット・フィッツジェラルドの言葉からの引用ではないかと思われる。

二〇一九年六月に村上春樹編訳で『ある作家の夕刻——フィッツジェラルド後期作品集』が刊行されたが、その中に、一九三六年に米誌「エスクァイア」へ連続掲載された「壊れる」「貼り合わせる」「取り扱い注意」という三つのエッセーも訳出されている。「僕はこの三篇のエッセイが個人的にも大好きで、昔から何度も読み返してきた」と同書に村上春樹が記すエッセーだが、その「貼り合わせる」の中に「夜更けの三時には、一個の忘れられた小包が死の宣告に負けぬ悲劇的重みを持つ。そこでは治癒法などは無益だ。そして魂の漆黒の暗闇にあっては、来る日も来る日も時刻は常に午前三時なのだ」と「午前三時」への言及が記されている。

「ニューヨーク炭鉱の悲劇」の「午前三時」は、人間が頭だけで考える観念などを超えたものが存在している闇の時間なのだろう。目には見えない、その世界にあるものを動物は感じることができるし、動物好きな人間は、動物が感じているものを感じることができる。友人が一年に五人も死ないためには、動物が感じているものを感じとる力が、人間にも必要だということではないだろうか。

▽ベトナム戦争

「ニューヨーク炭鉱の悲劇」という題名はロックバンドのビージーズのヒット曲の名前だ。小説の題辞に同曲の「地下では救助作業が、／続いているかもしれない。／それともみんなあきらめて、／もう引きあげちまったのかな。」という『ニューヨーク炭鉱の悲劇』（作詞・歌／ビージーズ）の歌詞の一部が引用されている。
曲の原題には『New York Mining Disaster 1941』とあって、「一九四一年」に起きた『ニューヨーク炭鉱の悲劇』となっているが、ニューヨークには炭鉱はなく、実際には一九六六年に英国・南ウェールズの炭鉱村でボタ山が崩落、近くにあった小学校を直撃して、小学生百十六人を含む百四十四人が死亡した事故をもとにして、それをニューヨークの架空の炭鉱落盤事故の歌としたもののようだ。

小説の最後に「ニューヨーク炭鉱」の事故に対応した部分が記されており、英国での事故を、ニューヨークの炭鉱の悲劇としたことには、一九六七年、この曲が発表された当時、激化していたベトナム戦争に反対するメッセージを含んでいたからだ。

村上春樹も小説の冒頭部で「動物園」好きの友人は、台風が近づくと「ベトナム戦争がたけなわであった時代に手に入れた米軍放出品の雨天用ポンチョに身を包み、ポケットに罐ビールをつっこんで家を出る」と、ベトナム戦争のことを十分意識して書いている。

また「一九四一年」は第二次世界大戦が激化していく年であり、そのことも意識したビージーズの曲であろう。それは日本がハワイの真珠湾を攻撃して、米国との戦争を始めた年でもあるので、もちろん村上春樹の頭の中には太平洋戦争のこともあっただろう。

このように「ニューヨーク炭鉱の悲劇」はさまざまな「暴力」が意識された小説であり、その「暴力」に対抗するには、人間が自分の中に「動物」としての部分を含んで生きていることの自覚の大切さが描かれた物語なのだと思う。

▽昭和二十年八月十五日

そして「ニューヨーク炭鉱の悲劇」の他にも

「動物園」と「多くの死者」のことが描かれる重要な作品があるので、それを紹介しておかなくてはならない。それは『ねじまき鳥クロニクル』（一九九四年、一九九五年）だ。この長編に登場する「赤坂ナツメグ」という女性の父親は満州の首都・新京（長春）に新設された動物園の主任獣医。

日本の敗戦の日、昭和二十年八月十五日の午後、この新京動物園に日本の兵隊たちがやってきて、人間を襲う可能性のある動物たちを次々に射殺していく場面がある。

まず「虎」が抹殺された。次は「豹（ひょう）」、そして「狼」と「熊」が殺されていく。「熊たちは数十発の小銃弾を撃ち込まれながら、それでもなお檻（おり）に激しく体当たりし、兵隊たちに向かって歯をむき出し、唾（つば）を散らして咆哮（ほうこう）した」と書かれている。でも「象」は殺されずに残った。「実際に目の前にしてみると象はあまりにも巨大だった。象の前では兵隊たちの手にしている歩兵銃はちっぽけなおもちゃにしか見えなかった」からのようだ。本書の第二章で村上春樹作品の中の「象」は日本人の言語感覚を象徴する動物であることを述べたが、「象」が殺されずに残ったということは、「言葉」の力だけは残ったということだろう。

さらに翌日の昭和二十年八月十六日には、新京動物園に大きな穴が掘られて、野球のユニフォームを着た中国人たちが日本兵によって殺されていく。その中国人は満州国軍士官学校の生徒で、彼らは新京防衛の任務に就くのを拒否して、夜中に日系の指導教官二人を野球のバットで殴り殺して脱走し、捕まったのだ。兵営の中には、軍服以外にはこの士官学校野球部のユニフォームしかなく、野球のユニフォーム姿で逃げたのである。

その新京動物園で掘られる穴は直径四メート

ルほど。その穴を掘る中国人は四人。その間、兵隊たちは四人ずつ交代で休憩をとる。最後に、野球のバットで撲殺される中国人の野球ユニフォームの背番号は「4」で野球チームの四番バッターだった。この他にも夥しい「四」が記されていて、村上春樹作品の「四」が「死」と繋がっていることがよくわかる。「動物」と「戦争という巨大な暴力」が、村上春樹の中でしっかり繋がってあることがよくわかるのである。

▽ギイイイイイ、ギイイイイイ

昭和二十年八月十五日の午後、満州新京の「動物園」で動物たちが射殺される時、鳥がやってきて「まるでねじを巻くような奇妙な特徴のある声で鳴いた。ギイイイイイ、ギイイイイイと」。もちろん、その鳥は「ねじまき鳥」だろう。「動物」を殺すことは「人間」を殺すことと同じことであり、そんなふうに緩んでしまった「世界」の在り方のねじをしっかりと巻かなくてはいけないという鳴き声なのだろう。

あとがきに代えて——自らの一部として、歴史を引き受ける

「猫は僕にとっては導くものであり、癒やすものです。手触りの良いものであり、言うことをきかないものです」

二〇一九年春、ちょうど作家デビュー四十年となった村上春樹さんにロング・インタビューする機会があった（聞き手は私と文芸評論家の湯川豊さん）。勤務先の通信社の記事として、全国の新聞社に配信した後、さらに拡大版が文芸誌「文學界」の同年九月号に「暗闇の中のランタンのように」という題で掲載となった。

その時、村上さんは自分の父親のルーツとその人生を「猫を棄てる——父親について語るときに僕の語ること」として、月刊「文藝春秋」の同年六月号に発表して大きな話題となっていた（二〇二〇年四月『猫を棄てる——父親について語るとき』として単行本刊行）。題名にも表れているが、この特別寄稿は猫の話で始まり、猫の話で終わっている。

猫はデビュー作以来、しばしば村上春樹作品に登場するので、拡大版インタビューの最後の質問として「村上さんにとって、猫はどんな存在ですか」と聞いてみたのだ。冒頭の言葉は、それに対するものである。

▽父親の呆然とした顔

村上さんが、夙川（しゅくがわ）（兵庫県西宮市）の家に住んでいるころ、ある夏の午後、父親と一緒に海辺に一匹の猫を棄てに行った。子猫ではなく、もう大きくなった雌猫だ。

父親が自転車を漕（こ）ぎ、村上さんは後ろに乗っ

て、猫を入れた箱を持っていた。夙川沿いに香櫨園の浜まで行き、猫を入れた箱を防風林に置いて、あとも見ずにさっさとうちに帰ってきた。村上家と浜とのあいだには二キロくらいの距離があった。

家に着いて、自転車を降り「かわいそうやけど、まあしょうがなかったもんな」という感じで玄関の戸をがらりと開けると、さっき棄ててきたはずの猫が「にゃあ」と言って、尻尾を立てて愛想良く、村上さん親子を出迎えたという。猫は先回りして、とっくに家へ帰っていたのだ。しばらくのあいだ、二人で言葉を失っていたし、そのときの父親の呆然とした顔を、村上さんはまだよく覚えているそうだ。その呆然とした顔がやがて感心した顔になり、そしてほっとしたような顔になったという。

村上さんの父親は京都のお寺の息子だが、養子含みで奈良のお寺に小僧として出されたことがあった。でもその新しい環境にうまくなじめず、しばらくして実家に戻されてきた。一度、親に捨てられたこの経験は、少年時代の父親の心の傷となったようだが、棄てられた猫が戻ってきた姿を見て、ほっとしたような顔になったという村上さん父親には、猫の無事な帰還と自分の体験が重なって感じられてきたのかもしれない……。

▽死ぬときまで深く抱き続けて

こんなふうにして語られていく『猫を棄てる——父親について語るとき』であるが、その中心とも言うべきところは、父親の中国戦線での従軍体験が記されている部分だ。

一度だけ、父親が打ち明けるように、自分の属していた部隊が捕虜の中国兵を処刑したことを村上さんに話したことがあるという。その中国兵は自分が殺されるとわかっていても、騒ぎもせず恐がりもせず、ただじっと目を閉じて静かにそこに座っていた。そして斬首された。

「実に見上げた態度だった、と父は言った。彼は斬殺されたその中国兵に対する敬意を――おそらくは死ぬときまで――深く抱き続けていたようだった」と村上さんは書いている。さらに次のようにも記している。

「いずれにせよその父の回想は、軍刀で人の首がはねられる残忍な光景は、言うまでもなく幼い僕の心に強烈に焼きつけられることになった。ひとつの情景として、更に言うならひとつの疑似体験として。言い換えれば、父の心に長いあいだ重くのしかかってきたものを――現代の用語を借りればトラウマを――息子である僕が部分的に継承したということになるだろう。人の心の繋がりというのはそういうものだし、また歴史というのもそういうものなのだ。その本質は〈引き継ぎ〉という行為、あるいは儀式の中にある。その内容がどのように不快な、目を背けたくなるようなことであれ、人はそれを自らの一部として引き受けなくてはならない。もしそうでなければ、歴史というものの意味がどこにあるだろう？」

▽猫に導かれるよう

この中国のことは、村上春樹作品にとってデビュー作以来、とても大きな問題だった。

第一作『風の歌を聴け』（一九七九年）の登場人物たちが集まる「ジェイズ・バー」のバーテンは中国人であるし、最初の短編集の名前は『中国行きのスロウ・ボート』（一九八三年）だった。『羊をめぐる冒険』（一九八二年）では満州のことが書かれ、『ねじまき鳥クロニクル』（一九九四年、一九九五年）ではノモンハン事件や新京の動物園での中国人への殺戮（さつりく）が描かれている。『１Ｑ８４』（二〇〇九年、二〇一〇年）の主人公「天吾」の父親は満州帰りという設定だし、『騎士団長殺し』（二〇一七年）では南京戦のことも描かれている。

これを見れば、村上さんが、父親が背負ってきた重い「歴史」を引き継いで、作品を書き続けてきたことがよくわかる。

『猫を棄てる――父親について語るとき』で、長く父親と不仲だったことも記しながら、戦争における残忍な行為の体験とその記憶を父親から引き継いで生きていることを正直に記す村上さんの文章に、私も深い感銘を受けたし、これを身を切るようにしてノンフィクションで書いたということにも大きな価値があると思う。

そしてその文章が、まさに猫に導かれるように、猫の持つ温もりのようなものを伴って、自然な形の記憶の中の物語として書かれている。

私は、村上春樹作品は戦争をはじめとする「歴史」のことを書き続けているのではないかと考えて、記事や村上春樹文学についての本を書いてきたのだが、『猫を棄てる――父親について語るとき』には、その原点とも言うべきことが記されているのである。また『村上春樹の動物誌』という視点から見てみれば「猫」という動物が村上春樹作品にとっていかに重要な動物かということもよくわかる。

▽『猫の町』を朗読

このノンフィクションを読んで、いくつかの村上春樹作品のことを思った。たとえば「猫」の帰還が重要な意味を持つ作品としては、本書の「猫（その1）」の章でも紹介した『ねじまき鳥クロニクル』があるが、ここでは『1Q84』について述べてみたい。

同作に、男主人公の「天吾」が自分を育ててくれた父親と話す場面がある。父親は千葉県千倉の海辺の療養所にいる。次第に死が近づいてくる父親と「天吾」が話すところだ。

東京から千倉に向かう列車の中で「天吾」は持参した文庫本を読み出す。それは旅をテーマにした短編小説のアンソロジーで、その中に猫の支配する町に旅をした若い男の話があった。『猫の町』というタイトルの幻想的な物語で、名前を聞いたことのないドイツ人の作家が、第一次世界大戦と第二次世界大戦にはさまれた時代に書いたものだという。

『1Q84』では、千葉県千倉も「猫の町」と呼ばれているが、その海辺の町の療養所に「天吾」が着き、父親と話していると、「何か読んでもらえませんか」と父親があらたまった口調で言う。「目を痛めているので、本を読むことができんのです。長く字を追うことができない。本はその本棚の中に入っております。あなたの好きなものを選んでいただいてよろしい」と言うのだ。

「天吾」が本棚に並んだ本を眺めると、大半は時代小説で、『大菩薩峠』の全巻が揃っていた。でも「天吾」は大時代な言葉を使った古い小説を朗読する気持ちにはなれないので、「もしよければ、猫の町の話を読みたいのですが」と話す。父親も「もしご迷惑でなければ、それを読んで下さい」と同意するので、「天吾」は持参した文庫本の『猫の町』を朗読し始めるのだ。

その『猫の町』はこんな話だ。青年が気ままな旅をしていると、列車の車窓から美しい川が見え、静けさを感じさせる町が見えてくる。川には古い石橋がかかっていて、その風景に心を誘われた青年は、この町の駅で列車を降りるのだが、駅にもホテルの受付にも誰もいない。完全に無人の町のようだ……。でも実は、そこは猫たちの町だった。

▽空白が生まれれば

物語を聴いた父親は「その猫の町にはテレビがあるのでしょうか？」と「天吾」に尋ねている。「天吾」の父親はＮＨＫの受信料の集金人という設定なので「職業的な見地から」の質問のようだが、村上さんらしいユーモア精神が発揮された問いである。

「一九三〇年代にドイツで書かれた話だし、その頃にはまだテレビはありません。ラジオはあったけど」と「天吾」は答えるのだが、それに対して父親は「私は満州におったが、そこにはラジオもなかった。放送局もなかった。新聞もなかなか届かず、半月前の新聞を読んでおりました。食べるものだってろくになく、女もおらんかった。ときどき狼が出た。地の果てのようなところでした」と述べている。

さらに「町は猫がつくった町なのか。それとも昔の人がつくって、そこに猫が住み着いたのか？」と父親が独り言のように述べる。「わからないな」と「天吾」は言った後、「でもどうやら、ずっと昔に人間がつくったもののようですね。何らかの理由で人間がいなくなり、そこに猫たちが住み着いたのかもしれない。たとえば伝染病でみんなが死んでしまったとか、そういうことで」と加えている。

それに肯いた父親が「空白が生まれれば、何かがやってきて埋めなくてはならない。みんなそうしておるわけだから」と語るのだ。

「みんなそうしている？」と「天吾」は聞くが、「そのとおり」と父親は断言する。そこで「天吾」が「あなたはどんな空白を埋めているんですか？」と聞くと、それに対して、父親が「あんたにはそれがわからない」と問うので、「わかりません」と天吾は答えている。

この後、『１Ｑ８４』の中で最も有名な言葉の一つが父親から発せられる。

「説明しなくてはそれがわからんというのは、つまり、どれだけ説明してもわからんということだ」

▽回り持ちのようなものだ

「父親がこんな奇妙な、暗示的なしゃべり方をしたことは一度もない」と「天吾」は感じる。さらに「わかりました。とにかくあなたは何かの空白を埋めている」と述べた後、「じゃあ、あなたが残した空白をかわりに埋めるのは誰なんでしょう」と「天吾」は問う。

「あんただ」。それに対して父親は簡潔に言った。そして人差し指を上げて「天吾」をまっすぐ、力強く指さして、「そんなこときまってるじゃないか。誰かのつくった空白をこの私が埋めてきた。そのかわりに私がつくった空白をあんたが埋めていく。回り持ちのようなものだ」と述べるのである。

「猫たちが無人になった町を埋めたみたいに」と「天吾」が言うと、父親は「そう、町のように失われるんだ」と応える。「そして自分が差し出した人差し指を、まるで場違いな不思議なものでも見るようにぼんやりと眺めた」と『1Q84』に記されている。

第一次世界大戦と第二次世界大戦にはさまれた時代に書かれたドイツの小説『猫の町』をめぐる「天吾」と父親の対話の中で、父親は自分の満州での体験を息子に語っている。

その「天吾」の父親が語る「誰かのつくった空白をこの私が埋めてきた。そのかわりに私がつくった空白をあんたが埋めていく。回り持ちのようなものだ」の「空白」とは「歴史」のことだろう。『猫を棄てる――父親について語るとき』で、村上さんが記したように「父の心に長いあいだ重くのしかかってきたものを」「息子である僕が部分的に継承」するということではないだろうか。その引き継ぐものが「どのように不快な、目を背けたくなるようなことであれ、人はそれを自らの一部として引き受けなくてはならない」という「歴史意識」なのだと思う。

そして、あの有名な言葉。「説明しなくてはそれがわからんというのは、つまり、どれだけ説明してもわからんということだ」。それは「歴史」は説明することではなく、「歴史」は次の世代が「継承」していくもの、「それを自らの一部として引き受けなくてはならない」ものとしてあることを述べているのだろうと、私は考えている。

『猫を棄てる――父親について語るとき』という、このノンフィクションは、とても大切な光源として、さまざまな形で村上春樹作品を照らし続けていくように思える。

▽**動物たちは何を象徴**

本書『村上春樹の動物誌』の基になったものは、二〇一五年春から、毎週一回、三十回続きで共同通信社配信により、各新聞に連載した同名の企画である。

一九八五年に『世界の終りとハードボイルド・ワンダーランド』でインタビューして以来、村上春樹さんへの取材を繰り返して、記事を書いてきたし、村上春樹作品についての本も書いてきた。しかし、村上春樹文学への私の読みの世界も、ともすれば自分なりに定型化していきがちなものである。どのようにしたら、型にはまらず、自由で柔軟な読みが可能となるのか、それを考えていた。

村上春樹作品には、たくさんの動物が登場する。その動物たちは何を象徴しているのか。作品に出てくる個々の動物の側から、村上春樹文学の姿を探っていったら、面白いのではないかと思い、始めたのが「村上春樹の動物誌」という企画だった。

理論や概念では「動物」の方が相手にしてくれないので、ひたすら「動物」を通して、個々の村上春樹作品を読み返していくという作業だったが、自分の村上春樹作品への読みの世界も広がり、楽しい連載となった。

▽「歴史意識」と「再生」

今回、早稲田新書の一冊として書籍化するにあたり、テーマとする「動物」は企画連載時と同じとしたが、連載以降に発表された作品も含め、すべての村上春樹作品を読み返して、新しく書き直したので、新聞連載時と比べると四、五倍の内容となった。でもほとんどがなじみ深い「動物」をテーマにしており、わかりやすく、楽しく、奥が深い村上春樹文学の入り口になることを何より心がけたつもりである。

なお「序章」の村上春樹さんへのインタビュー「頻出する動物」は、新聞連載時のインタビューを村上さんの許諾を受けて、そのまま収録したものである。快く、収録を許してくださった村上春樹さんに深く感謝したい。

私は、村上春樹文学を貫く特徴は「戦争」をはじめとする近代日本社会の問題への「歴史意識」だと思っている。そして、その日本社会（東アジアの国として、また世界とともにある国として）の「再生」への思いを抱いて、作品が書き続けられていることだと考えている。

その二つの点については、本書の中で具体的に例を挙げて書いたが、「再生」への視点から、英国詩人のT・S・エリオットの詩と村上春樹作品の関係について考え、紹介した部分がある。それについては、岩崎宗治訳のT・S・エリオット『荒地』の岩波文庫や丸小哲雄訳のジェシー・L・ウェストンの『祭祀からロマン

ス へ』（法政大学出版局）を読みながら書いたことを述べておきたい。特に岩崎訳『荒地』の訳注や解説から多くのことを学んだ。

▽**落合東朗さん**

以下、やや個人的なことに触れることを許していただきたい。今回、早稲田大学出版部が創刊する早稲田新書の一冊に本書を加えていただいたことには、特別な感慨がある。

早稲田大学は、もちろん村上春樹さんの母校だが、私が学んだ大学ではない。にもかかわらず、早稲田新書創刊の一冊として『村上春樹の動物誌』を出していただき、早稲田大学、早稲田大学出版部に深く感謝している。

そして私は、勤務先の通信社の社会部時代、新宿警察署を含む東京の新宿区・中野区・杉並区の事件や話題を受け持つ「四方面」担当と呼ばれる記者だった。その守備範囲に早稲田大学があり、二年間、早稲田大学を担当した。

事件がない時には、毎週のように早稲田大学の広報課にうかがうようになり、広報課長だった落合東朗（おちあいはるろう）さんとたいへん親しくなって、互いに読んだ本を交換するようにもなった。

落合さんは北海道の出身。旧満州の新京（長春）にいたが、一九四五年七月、敗戦の直前にハルビンの関東軍部隊に十九歳で配属となり、同八月十五日正午、営庭のラジオの前で終戦の玉音放送を聴き、二カ月後には旧ソ連に抑留された。シベリア抑留最年少組だった。村上春樹さんや私が生まれた一九四九年の八月に舞鶴に帰還。その後、早稲田大学露文科を出て、大学の広報課などに勤務した。

この落合さんからラーゲリでの抑留生活のこと、画家の香月泰男や詩人の石原吉郎らシベリア抑留者のことなど、多くのことを私は学んだ。

　そして、出会った頃の落合さんは「私大進学」という受験生向けの雑誌に連載をもっていたのだが、ある日、その雑誌の編集者が、日ごろ私の詰めている新宿警察署までやってきて、その方から、落合さんの後の連載の執筆を依頼されたのだ。落合さんの命を受けてきたという。そうやって、私は受験生向けに自分の読書体験を書いていったのだが、これが原稿料というものをもらう初めての体験だった。

　落合さんには抑留体験やロシア関係の著書がたくさんあるが、広報課長を退かれた後、早稲田大学出版部の代表取締役も務められたので、そこからの本を刊行できることに深い縁を感じている。

▽あらゆる読者の前に

　終わりに、村上春樹さんへのインタビュアーの体験を通して、記しておきたいことがある。

　村上さんは、どんな質問にもしっかり答える人だが、自作についての説明をほとんどしない稀有な作家である。「序章」のインタビューを読んでいただければわかるように、その答えは、膨らみと深さを持っているが、作品への直接的な言及ではない。

　村上春樹文学の理解のために、わかりやすく村上さんが語ってくれたことは、本書の中に、その言葉を紹介しているが、でも本書に記したことは、長いインタビュアーとしての体験を通して、考えてきた「私」の村上春樹作品への読みの世界である。

　村上春樹作品は、あらゆる読者の前に開かれている。

小山鉄郎（こやま・てつろう）

1949年生まれ。群馬県出身。一橋大学経済学部卒。共同通信社編集委員・論説委員。73年同社に入社し、社会部を経て84年に文化部へ。村上春樹氏は次代の日本文学を担う作家だと注目し、85年から取材を続ける。村上氏へのインタビューは計10回にも及ぶ。村上春樹文学の解読などで文芸ジャーナリズムの可能性を広げたとして、2013年度日本記者クラブ賞を受賞。著書に『白川静さんに学ぶ　漢字は楽しい』『白川静さんに学ぶ　漢字は怖い』（共同通信社・新潮社）『村上春樹を読みつくす』（講談社）『空想読解　なるほど、村上春樹』（共同通信社）『あのとき、文学があった　「文学者追跡」完全版』（論創社）『大変を生きる　日本の災害と文学』（作品社）『白川静入門　真・狂・遊』（平凡社）『文学はおいしい。』（作品社）『白川静さんに学ぶ　これが日本語』（論創社）など。09年から白川静博士の業績を学ぶ同人会「白川静会」の事務局長を務める。

早稲田新書003

村上春樹の動物誌

2020年12月10日　　初版第1刷発行

著　者　　小山鉄郎
発行者　　須賀晃一
発行所　　株式会社 早稲田大学出版部
〒169-0051　東京都新宿区西早稲田 1-9-12
電話 03-3203-1551
http://www.waseda-up.co.jp/
イラスト　　北窓優太
装丁・印刷・製本　　精文堂印刷株式会社

ISBN978-4-657-20014-3

早稲田新書の刊行にあたって

いつの時代も、わたしたちの周りには問題があふれています。一人一人が抱える問題から、家族や地域、国家、人類、世界が直面する問題まで、解決が求められています。それらの問題を正しく捉え解決策を示すためには、知の力が必要です。整然と分類された情報である知識。日々の実践から養われた知恵。これらを統合する能力と働きが知です。

早稲田大学の田中愛治総長（第十七代）は答のない問題に挑戦する「たくましい知性」と、多様な人々を理解し尊敬して協働できる「しなやかな感性」が必要であると強調しています。知はわたしたちの問題解決によりどころを与え、新しい価値を生み出す源泉です。日々直面する問題に圧倒されるわたしたちの固定観念や因習を打ち砕く力です。「早稲田新書」はそうした統合の知、問題解決のために組み替えられた応用の知を培う礎になりたいと希望します。それぞれの時代が直面する問題に一緒に取り組むために、知を分かち合いたいと思います。

早稲田で学ぶ人。早稲田で学んだ人。早稲田で学びたい人。早稲田で学びたかった人。早稲田とは関わりのなかった人。これらすべての人に早稲田大学が開かれているように、「早稲田新書」も開かれています。十九世紀の終わりから二十世紀半ばまで、通信教育の『早稲田講義録』が勉学を志す人に早稲田の知を届け、彼ら彼女らを知の世界に誘いました。「早稲田新書」はその理想を受け継ぎ、知の泉を四荒八極まで届けたいと思います。

早稲田大学の創立者である大隈重信は、学問の独立と学問の活用を大学の本旨とすると宣言しています。知の独立と知の活用が求められるゆえんです。知識と知恵をつなぎ、知性と感性を統合する知の先には、希望あふれる時代が広がっているはずです。

読者の皆様と共に知を活用し、希望の時代を追い求めたいと願っています。

２０２０年12月　　須賀晃一